ET S

Dello stesso autore negli Einaudi Tascabili

Cesare Pavese
Dialoghi con Leucò

Introduzione di Sergio Givone

Einaudi

Introduzione

Episodio culminante della sua esplorazione del mondo delle origini, ossia di ciò ch'egli chiama il «primitivo» e il «selvaggio» e di quanto sul piano culturale gli appare in termini di «simbolo», «rito» e «mito», i *Dialoghi con Leucò,* scritti in un arco di tempo che va dal '45 al '47 (anno in cui furono pubblicati la prima volta, nel mese di ottobre) rappresentano per Cesare Pavese un segno di contraddizione. La tesi che li attraversa può essere espressa nel modo seguente: *mito è, nello stesso tempo, qualcosa di necessario e di impossibile.* Necessario perché è la sostanza stessa della nostra vita, che non è mai vita naturale e immediata ma sempre implica investimento di senso e quantomeno superstizione, se non religione. Necessario anche perché esistere significa restare sia pur solo ritualmente in rapporto con una provenienza, anche quando negata, al punto che non averne nessuna o rifiutarla segna l'individuo non meno che il puro e semplice riposare in essa. Necessario infine perché non c'è processo simbolico che non sia avviato da un'iniziale emozione poetica, come dimostra il fatto che conoscere è ridestare alla memoria, gioire è ricordare l'immemoriale. Tuttavia impossibile, il mito. Tant'è vero che le nostre credenze fanno velo all'orrore di essere nati e lo rivelano, sanno la violenza che tiene insieme sesso e sangue e impongono di liberarcene, dicono quel vincolo e portano a scioglierlo. Quanto alle radici o ai luoghi dell'infanzia: solo chi sfugge alla loro fascinazione dopo esserci tornato può sperare in una sia pur improbabile salvezza. E lo stesso vale per la poesia. Che è una forma di

reincantamento e nello stesso tempo di razionalizza-
zione, di demitizzazione.

Temi, come si vede, quanto mai impegnativi. Eppure (o forse proprio perciò) presentando questi suoi *Dialoghi* in terza persona, Pavese ironizzava, sminuiva,
quasi fingendo si trattasse d'una divagazione o poco
piú. «Cesare Pavese, che molti si ostinano a considerare un testardo narratore realista, specializzato in
campagne e periferie americano-piemontesi, ci scopre
in questi *Dialoghi* un nuovo aspetto del suo temperamento. [...] Ha smesso per un momento di credere che
il suo totem e tabú, i suoi selvaggi, gli spiriti della vegetazione, l'assassinio rituale, la sfera mitica e il culto
dei morti, fossero inutili bizzarrie e ha voluto cercare
in essi il segreto di qualcosa che tutti ricordano, tutti
ammirano un po' straccamente e ci sbadigliano un sorriso». In realtà qui tutto Pavese è in gioco, tutto, e
non solo la sua opera letteraria e la sua riflessione teo-
rica, ma anche il suo lavoro editoriale (basti pensare
alla direzione insieme con Ernesto De Martino, proprio in quegli anni, della celebre «Collezione di studi
etnologici, psicologici e religiosi»), poiché in gioco è
una linea di ricerca che lentamente e faticosamente viene facendosi strada e che solo alla fine, per l'appunto
nei *Dialoghi* e subito dopo ne *La luna e i falò,* giungerà
a un esito compiuto e forse, almeno per lui, non ulte-
riormente proseguibile. Per comprendere il quale occorre far riferimento all'intero percorso.

Si legga quel che Pavese scriveva a Fernanda Pivano
da Santo Stefano Belbo il 27 giugno 1942: «Sempre,
ma piú che mai questa volta, ritrovarmi davanti e in
mezzo alle mie colline mi sommuove nel profondo. Devo pensare che immagini primordiali come a dire l'albero, la casa, la vite, il sentiero, la sera, il pane, la frutta ecc. mi si sono dischiuse in questi luoghi, anzi in
questo luogo [...] e rivedere perciò questi alberi, case,
viti, sentieri, ecc. mi dà un senso di straordinaria potenza fantastica, come se mi nascesse ora, dentro, l'immagine assoluta di queste cose [...] insomma ci vuole

un mito. Ci vogliono miti, universali fantastici, per esprimere a fondo e indimenticabilmente quest'esperienza che è il mio posto nel mondo». Qualche mese più tardi tornava sullo stesso argomento, come risulta da alcuni appunti del diario (*Il mestiere di vivere*) in data 17 settembre. Se nella lettera appena citata l'idea di una precomprensione della realtà in grado di ordinarla rinviava implicitamente a Vico e alla sua concezione dei miti come universali fantastici, ora in questione è l'«attimo estatico» in cui è dato a ciascuno di raccogliere la molteplicità dispersiva degli eventi in un «simbolo». Tutto, dice Pavese, accade nel tempo: cose, fatti, gesti. Ma l'accadere non ha senso per noi se non a partire dalla sospensione del tempo stesso. Ossia: a partire dalla possibilità che qualcosa mi appaia nello specchio di una rivelazione incontrovertibile, di un significato assoluto. Tant'è vero che cose, fatti, gesti, «ci promettono di questi attimi, li rivestono, li incarnano», a misura che neppure sarebbero, se non stessero già da sempre nella luce che conferisce ad essi valore e profondità umana.

Sarà in alcuni dei testi (per altro coevi o poco più tardi) raccolti in *Feria d'agosto* che Pavese darà voce in modo disteso a questo sentimento. Così, ad esempio, leggiamo ne *La vigna* di un attimo «fatto di nulla» e che proprio in questo suo «semplice e profondo nulla», non ricordato ma come sciolto e perduto nei giorni, lascia affiorare alla coscienza ciò che era quando il tempo per la coscienza non esisteva, ma era, era semplicemente, eternamente, al punto che tutto l'accumulo successivo dei ricordi si azzera «di fronte alla certezza di quest'estasi immemoriale». L'infanzia è la stagione della vita (ma anche, e più propriamente, una dimensione dello spirito, potremmo dire addirittura una regione dell'essere) in cui il tempo non c'è ancora ma, nella sola forma in cui può esserci, c'è l'eterno. Muta presenza di questo o di quello – albero, casa, vite... – nella sua assolutezza, prima che la coscienza li nomini, li identifichi, li carichi di proprietà positive o

negative, l'eterno apre l'orizzonte entro cui qualcosa
che semplicemente «è» si lascerà poi riconoscere come
cosa nostra. Perciò l'infanzia, in quanto mondo del
tempo sospeso, in fondo non è mai. Il bambino non ne
ha coscienza. Vivendola, produce senza saperlo né vo-
lerlo quelle immagini simboliche destinate a tessere la
trama del proprio mito – e questo avviene a misura che
non sa, non vuole, non si rende conto. Quando, preso
da un improvviso trasporto, in ciò che è qui e ora ritroverà ciò che (per lui) è sempre, l'infanzia non sarà
piú. Sarà un ricordare, un conoscere riconoscendo, ma
già non piú un vivere nello stupore intemporale della
prima volta.

Lo stesso accade per la poesia. La poesia, e anzi la
«fiaba mitica» dice Pavese nel saggio intitolato *Del mito, del simbolo e d'altro* (il primo tra quelli dedicati a tali argomenti, inserito non a caso in *Feria d'agosto* con
gli altri redatti nel '43-'44) proprio come l'infanzia non
fa che «consacrare» luoghi in cui l'evento che vi si
compie ha un che di unico, di irripetibile e di fondan-
te. Ecco, la vigna appare, anzi, è già da sempre apparsa, perché è un puro apparire senza tempo il suo, e in
quella sua eternità essa vale come immutabile paradig-
ma interpretativo. E sempre di nuovo viene riattivato
nella memoria il processo di simbolizzazione. Sempre
di nuovo. Ma allora, come dell'infanzia, anche della
poesia si deve dire che non è mai. Ossia non è mai in
quanto mitopoiesi, in quanto emozione originaria. Infatti: «la poesia è altra cosa». Essa si nutre dei suoi
stessi miti, e non ha altra sostanza che quella di cui sono fatti i miti inaugurali, ma nello stesso tempo rappresenta «lo sforzo piú assiduo per ridurli a chiarezza,
cioè distruggerli». Se l'ispirazione è radicata «nel passato piú remoto dell'individuo e traduce la quintessen-
za della sua scoperta delle cose», tuttavia l'atto con cui
una certa emozione è ridestata ha inevitabilmente carattere anamnestico: e anamnesi, cioè riconoscimento,
implica presa di distanza, perdita dell'originaria innocenza, caduta nel dominio della parola e anzi del lo-

gos. Solo «i piú forti, i piú diabolicamente devoti e consapevoli, fanno ciò che vogliono, sfondano il mito e insieme lo preservano ridotto a chiarezza». Tutti però devono sapere, aggiungerà Pavese nel saggio successivo (*Stato di grazia*) che «noi non vediamo mai le cose una prima volta, ma sempre la seconda» e colui che discende «nella tenebra feconda delle origini dove ci accoglie l'universale umano» deve nel contempo fare di tutto per «rischiararne un'incarnazione», portare alla luce della conoscenza ciò che ha visto, svelare il segreto che gli si è manifestato.

Segreto orrendo. Nell'incanto della rivelazione mitico-simbolica si nasconde il serpente – quel serpente che, scriverà Pavese ne *Il diavolo sulle colline*, si acquatta vicino a noi ad ogni nuovo giorno e che svela nell'idea stessa di inizio non tanto la meraviglia dello scaturire e del principiare quanto un «tedio», un «vizio iniziale» da cui nasce ogni cosa. Il fatto è che ad essere occultata è la violenza delle origini. Ossia la violenza che stringe in un nodo il sesso e il sangue, lo spargimento del seme e lo spargimento del sangue – l'originario spargimento del sangue. «[...] il gusto dell'intatto e del selvaggio era il gusto di spargere il sangue. Si fa all'amore per ferire, per spargere sangue», afferma un personaggio dello stesso romanzo. Dove Pavese sembra riprendere un concetto di cui aveva trattato nel diario in data 13 luglio '44: «La natura ritorna selvaggia quando vi accade il proibito: sangue o sesso. Parrebbe un'illusione suggerita dall'idea che ti fai delle culture primitive – riti sessuali o sanguinari». Perciò «selvaggio non è il naturale ma il violentemente superstizioso. Il naturale è impassibile. Che uno cada da un fico in una vigna e giaccia a terra nel suo sangue non ti pare selvaggio come se costui fosse stato accoltellato, o sacrificato». La natura *ritorna* selvaggia, e questo significa che la natura originariamente non è quella che noi crediamo che sia: innocente, comunque indifferente. Questa è un'illusione, un'invenzione rousseauiana. Piú originaria dell'innocenza è la colpa, e infatti risalendo verso le origini si ricade nella violenza incondizionata, perseguita senza remore, e soprattutto in modo assolutamente gratuito. La poesia, che non ha altro oggetto, altra radice, altra fonte, che il mito (sia il mito personale sia il mito collettivo), ne rivela la cifra misteriosa e crudele. Ma cosí facendo prende le distanze da esso. Tiene gli occhi fissi sul passato ma, se è lecito evocare in questo contesto l'immagine dell'angelo benjaminiano, procede a ritroso verso l'incerto futuro della ragione.

Doppio è il movimento. Da una parte il mito riprecipita verso il grado zero dell'esperienza, fa cenno alle pure forme vuote che la precedono e la legittimano, indica la via dell'abbandono all'irrazionale. Dall'altra la poesia dice no all'orrore che i contenuti mitici sprigionano nel momento stesso in cui li fa suoi rammemorandoli. Ne deriva una tensione conflittuale e per certi aspetti contraddittoria. La quale nulla concede a un dannunzianesimo larvato o neo-decadentismo, secondo quanto invece suggeriva Alberto Moravia. E neppure, come sostenuto da Franco Fortini, finisce col sovrapporre indebitamente due diverse concezioni del mito, una ingenua e tutta in positivo e l'altra critico-negativa. L'idea che il mito sia l'orizzonte di uno smemorato e smemorante rituffarsi nell'indistinzione delle origini è stata stigmatizzata da Pavese una volta per tutte, lucidamente, ne *Il diavolo sulle colline* attraverso la figura di Poli, lui sí perfetta incarnazione di una poetica che sta agli antipodi di quella pavesiana. «Poli diceva che la morte non è nulla, non siamo noi che la facciamo, dentro di noi c'è gioia e pace e nient'altro [...]. Poli parlava di Rosalba con la voce esitante di un ragazzo commosso; parlava intenerito di quando era stato lui per morire; nessuno aveva colpa di niente; Rosalba era morta; stavano bene tutti e due». E se Rosalba «questo gli aveva insegnato, il sangue ha qualcosa di diabolico», Poli rimuove tranquillamente il messaggio.

Certo, e merita ripeterlo, il mito è qualcosa di necessario. Senza mito, non c'è poesia. E senza poesia, non c'è vera chiarificazione del fondo oscuro della psiche. Infatti riconoscere la necessità del mito significa anche riconoscere la necessità del risalimento e dell'abbandono. Ma il risalimento e l'abbandono implicano, proprio perché governati dalla poesia, presa di distanza e razionalità. Perciò non s'ha a che fare, qui, col culto decadentistico della morte e del ritorno alle origini (Moravia). Ma neanche (Fortini) con una concezione meramente aporetica del mito: mito come via all'insú, verso il reincantamento, e mito come via all'ingiú, verso il disincanto. Semmai potremmo avanzare un'ipotesi. Pavese lascia convergere e interagire due concezioni antitetiche (difficile dire fino a che punto ne ebbe conoscenza diretta, anche se si tratta di autori ai quali potevano richiamarlo le sue letture di Lévy-Bruhl, Kerényi e Frazer) che allora dominavano la scena culturale europea e che avevano i loro esponenti di punta rispettivamente in Wilhelm Nestle e in Walter Friedrich Otto. Era stato Nestle a distinguere nettamente mito e poesia, sulla base del fatto che questa lavora su quello ma per purificarlo, razionalizzarlo, volgerlo al logos. Ed era stato Otto a identificare mito e poesia, essendo questa generatrice di quello e non viceversa. Secondo Pavese *la poesia deve ricongiungersi con il mito*. Ma nel momento in cui questo avviene (nel momento in cui la poesia ha afferrato il significato del mito e lo disvela), *il mito viene distrutto*. E perciò il mito, di cui la poesia riconosce la necessità, risulta nel contempo qualcosa di impossibile.

Contraddizione, questa, che i *Dialoghi con Leucò* (intitolati alla ninfa Leucotea, la sola figura che sia protagonista di piú d'uno di essi) tematizzano esibendola come l'essenza stessa del nostro rapporto con il mondo mitico delle origini. Si tratta di testi brevi, alla maniera delle *Operette* leopardiane, rispetto alle quali semmai è da sottolineare l'esclusiva delimitazione della scena alla mitologia greca. Il che non è senza ragione, in quanto la mitologia greca secondo Pavese illustra per-

XII   SERGIO GIVONE

fettamente, vero e proprio codice inoltrepassabile, l'aporia fondamentale: tra la violenza arbitraria e fine a se stessa, alla quale siamo ancora oggi consegnati non meno di ieri, e la liberazione dalla violenza attraverso il *nomos*, la legge, l'ordinamento razionale, come vediamo nella lotta degli dei olimpici contro i titani. Ma se le cose stanno cosí, dovremo dire non già che Pavese si rifugia nel mito antico a fronte del fallimento del mito moderno (il mito della riscoperta e del ritrovamento delle radici ancestrali all'interno di una società che va emancipandosi dal passato), bensí ch'egli porta la sua riflessione sul mito dove i suoi contenuti appaiono massimamente perspicui ed esemplari. Ossia: nella sfera della mitologia greca. Non una divagazione, dunque; semmai, per usare le parole stesse di Pavese, un «capriccio», ma un capriccio serissimo, e molto consapevole, a giudicare anche da come la materia è trattata (con perfetta conoscenza del mondo della religiosità egea, aveva subito notato Mario Untersteiner). E comunque un'opera che s'inserisce senza soluzione di continuità all'interno di un disegno unitario. Uno sguardo alla cronologia degli scritti pavesiani lo conferma. Pavese comincia a scrivere i *Dialoghi* nell'inverno del '45, mentre sta licenziando *Feria d'agosto* – e *Feria d'agosto* ne rappresenta il presupposto, come dimostrano non solo i saggi teorici inseriti in questa raccolta di racconti, ma i racconti stessi. Non c'è salto, non c'è frattura, non c'è nulla che sia intervenuto nel frattempo a spingerlo verso la mitologia greca come verso l'apertura di una nuova prospettiva. Ma questo vale anche per il passo successivo, l'ultimo. Con *La luna e i falò* Pavese ripropone con piena coerenza di sviluppo, magari in un quadro finalmente e definitivamente messo a fuoco grazie all'incursione nella grecità, il suo vero, unico tema: quello, odisseico, del ritorno sui luoghi che da sempre sono i nostri e nei quali tuttavia non possiamo sostare dovendo invece lasciarli, allontanarci, fuggire.

Protagonista de *L'inconsolabile*, uno dei dialoghi piú

belli e profondi, è Orfeo. Sorprendente la sua affermazione: no, se si è voltato, tanto da perdere, con quel
semplice gesto, l'amata, non è stato per errore, né s'è
trattato d'un trasalimento inconsulto, d'una puerile incertezza, ma d'una decisione presa deliberatamente. E
come pensare il contrario? Come immaginare che «dopo aver visto in faccia il nulla» uno si comporti in modo tanto sciocco e sconsiderato? Ridicolo solo sospet-
tarlo. Invece Orfeo ha voluto abbandonare Euridice. È
andata cosí, spiega: «Mi sentivo alle spalle il fruscío
del suo passo. Ma io ero ancora laggiú e avevo addosso quel freddo. Pensavo che un giorno avrei dovuto
tornarci, che ciò ch'è stato sarà ancora. Pensavo alla vita con lei, com'era prima; che un'altra volta sarebbe
finita. Ciò ch'è stato sarà [...] Valeva la pena di rivivere ancora? Ci pensai, e intravvidi il barlume del giorno.
Allora dissi "Sia finita" e mi voltai». Se tutto ciò che
è, sarà, allora una condanna metafisica grava sull'essere in quanto tale. La vita sta nel segno della morte, che
dunque l'anticipa e la marchia irrimediabilmente. Cosí come il sesso e il sangue precedono l'amore e ne costituiscono il rovescio. Ed è questo «l'orrore dell'A-
de». Dal quale non c'è scampo se non a misura che lo
si porta alla luce del mattino che viene, alla chiarezza
e alla trasparenza della parola: che lo dice, l'orrore della ripetizione dell'identico, e dicendolo lo rifiuta. Per
fare ciò Orfeo canta il dolore della perdita di Euridice.
Ma in quel momento Euridice non è se non colei che
deve essere abbandonata al destino. Dal quale Orfeo si
libera riconoscendolo come cosa sua e, afferma, cantando secondo i suoi modi la vita e la morte.

Cosa futile è il canto. E disumana. Volgendosi ad
esso come all'accendersi di un lume nel buio, Orfeo di-
mentica Euridice. Di lei non gli importa piú. Ma solo
di sé. Vuole salvarsi. Infatti, se «è necessario che ciascuno scenda una volta nel suo inferno», è per conver-
tire il passato nella vita che ricomincia. Perciò c'è fu-
tilità, c'è disumanità nel canto. Nondimeno solo in forza del canto veniamo in chiaro del demonismo che è la

nostra cosa piú intima, quella alla quale piú intima-
mente apparteniamo, quella che «non ha nome». Anzi,
è attraverso il canto che gli uomini «rivelano» gli dei a
se stessi. E li «strappano alla greve eternità del destino». Soltanto miti e favole, cioè storie mai veramente
accadute, raccontano i poeti. Ma specchiandosi nei loro miti, gli dei riconoscono in ciò che sempre è ciò che
non è ancora mai stato. E fanno a loro modo un'esperienza di libertà. Al punto da diventare quel che non
erano. Ad esempio Dioniso, il dio che, facendosi uomo
(come nessuno dei divini aveva mai desiderato, secondo quanto Circe ricorda a Leucotea) incontra «il nuovo, che spezzerebbe la catena». Allora, dice Demetra,
gli uomini moriranno e, morendo, vinceranno la morte, né avranno piú bisogno di placarla versando sangue. E Dioniso, di rimando: sarà «il racconto della vita eterna». Nel grano (Demetra) e nella vigna (Dioniso), nel pane e nel vino (Cristo?) gli uomini vedranno
non piú il sacrificio che placa la morte, ma la stessa vita eterna, la vita salvata dalla vita.

Perché questo avvenga, bisogna che, *prima*, le po-
tenze titaniche, il caotico, il senza nome, sia ricono-
sciuto per quello che è: *non* puro fatto naturale, ma, in
quanto violenza sanguinosa e senza ragione, *removen-
dum*, inaccettabile, da rifiutare. È a tal fine che gli dei
olimpici contrappongono la legge all'arbitrio dei titani.
«C'è una legge, Issione, cui bisogna ubbidire», cosí,
nel primo dei *Dialoghi* (*La nube*). E allora? è la risposta
di Issione. Forse che «questi nuovi padroni» possono
impedirgli di scagliare per gioco un macigno o di spezzare la schiena a un nemico? Per gioco, gratuitamen-
te... Eppure, da quando gli immortali hanno stabilito
ciò che è giusto e ciò che è ingiusto le azioni dei titani
appaiono altrimenti da come apparivano: non piú semplici eventi non giudicabili, ma atti che stanno nel segno del bene e del male. «Issione [...] per te la morte è
una cosa che accade, come il giorno e la notte [...] Tu
sei tutto nel gesto che fai. Ma per loro, gli immortali,
i tuoi gesti hanno un senso che si prolunga». Indub-

biamente la legge viene dopo l'arbitrio. Eppure solo a partire dalla legge l'arbitrio è svelato in quanto arbitrio, aggressione, violenza. Lo stesso vale per tutte le figure della negatività e del male, sulla base di quello che in Pavese è il valore antifrastico (e tragicamente ironico) del mito. Nel momento in cui un dio si fa uomo, ne accetta la condizione, sprofonda nella terra, la morte appare come una condanna irrevocabile, ma insieme come un presagio di eternità. La ripetizione dell'identico lascia vedere nella sua ombra ciò che infinitamente differisce da sé. Quasi che la morte non dicesse piú la morte. Bensí l'eterno. Anzi, il nuovo, il non ancora mai stato. Ciò che fa di noi non quelli che eravamo, ma gli abitatori di un mondo di là da venire. Paradossale verità del mito. Ritrovandola, ce ne distanziamo e liberiamo.

SERGIO GIVONE

Firenze, gennaio 1999.

Presentazione *

Cesare Pavese, che molti si ostinano a considerare un testardo narratore realista, specializzato in campagne e periferie americano-piemontesi, ci scopre in questi *Dialoghi* un nuovo aspetto del suo temperamento. Non c'è scrittore autentico, il quale non abbia i suoi quarti di luna, il suo capriccio, la musa nascosta, che a un tratto lo inducono a farsi eremita. Pavese si è ricordato di quand'era a scuola e di quel che leggeva: si è ricordato dei libri che legge ogni giorno, degli unici libri che *legge*. Ha smesso per un momento di credere che il suo totem e tabú, i suoi selvaggi, gli spiriti della vegetazione, l'assassinio rituale, la sfera mitica e il culto dei morti, fossero inutili bizzarrie e ha voluto cercare in essi il segreto di qualcosa che tutti ricordano, tutti ammirano un po' straccamente e ci sbadigliano un sorriso. E ne sono nati questi *Dialoghi*.

* Il testo, che qui pubblichiamo, fu scritto da Cesare Pavese per la prima edizione dei *Dialoghi con Leucò*.

Dialoghi con Leucò

La nube

Che Issione finisse nel Tartaro per la sua audacia, è probabile. Falso invece che generasse i Centauri dalle nuvole. Costoro eran già un popolo al tempo delle nozze di suo figlio. Lapiti e Centauri escono da quel mondo titanico, in cui era consentito alle nature piú diverse di mischiarsi, e spesseggiavano quei mostri contro i quali l'Olimpo sarà poi implacabile.

(*Parlano la Nube e Issione*).

LA NUBE   C'è una legge, Issione, cui bisogna ubbidire.

ISSIONE   Quassú la legge non arriva, Nefele. Qui la legge
è il nevaio, la bufera, la tenebra. E quando viene il giorno chiaro e tu ti accosti leggera alla rupe, è troppo bello
per pensarci ancora.

LA NUBE   C'è una legge, Issione, che prima non c'era. Le
nubi le aduna una mano piú forte.

ISSIONE   Qui non arriva questa mano. Tu stessa, adesso
che è sereno, ridi. E quando il cielo s'oscura e urla il vento, che importa la mano che ci sbatte come gòcciole?
Accadeva già ai tempi che non c'era padrone. Nulla è mutato sopra i monti. Noi siamo avvezzi a tutto questo.

LA NUBE   Molte cose son mutate sui monti. Lo sa il Pelio,
lo sa l'Ossa e l'Olimpo. Lo sanno monti piú selvaggi ancora.

ISSIONE   E che cosa è mutato, Nefele, sui monti?

LA NUBE   Né il sole né l'acqua, Issione. La sorte dell'uomo, è mutata. Ci sono dei mostri. Un limite è posto a voi
uomini. L'acqua, il vento, la rupe e la nuvola non son
piú cosa vostra, non potete piú stringerli a voi generan-
do e vivendo. Altre mani ormai tengono il mondo. C'è
una legge, Issione.

ISSIONE   Quale legge?

LA NUBE   Già lo sai. La tua sorte, il limite...

ISSIONE   La mia sorte l'ho in pugno, Nefele. Che cosa è
mutato? Questi nuovi padroni posson forse impedirmi
di scagliare un macigno per gioco? o di scendere nella
pianura e spezzare la schiena a un nemico? Saranno loro
piú terribili della stanchezza e della morte?

LA NUBE   Non è questo, Issione. Tutto ciò lo puoi fare e
altro ancora. Ma non puoi piú mischiarti a noialtre, le
ninfe delle polle e dei monti, alle figlie del vento, alle
dee della terra. È mutato il destino.

ISSIONE   Non puoi piú... Che vuol dire, Nefele?

LA NUBE   Vuol dire che, volendo far questo, faresti invece
delle cose terribili. Come chi, per carezzare un compagno, lo strozzasse o ne venisse strozzato.

ISSIONE   Non capisco. Non verrai piú sulla montagna?
Hai paura di me?

LA NUBE   Verrò sulla montagna e dovunque. Tu non puoi
farmi nulla, Issione. Non puoi far nulla contro l'acqua
e contro il vento. Ma devi chinare la testa. Solamente
cosí salverai la tua sorte.

ISSIONE   Tu hai paura, Nefele.

LA NUBE   Ho paura. Ho veduto le cime dei monti. Ma non
per me, Issione. Io non posso patire. Ho paura per voi
che non siete che uomini. Questi monti che un tempo
correvate da padroni, queste creature nostre e tue gene-
rate in libertà, ora tremano a un cenno. Siamo tutti as-
serviti a una mano piú forte. I figli dell'acqua e del vento, i centauri, si nascondono in fondo alle forre. Sanno
di essere mostri.

ISSIONE   Chi lo dice?

LA NUBE   Non sfidare la mano, Issione. È la sorte. Ne ho
veduti di audaci piú di loro e di te precipitare dalla rupe
e non morire. Capiscimi, Issione. La morte, ch'era il vostro coraggio, può esservi tolta come un bene. Lo sai
questo?

ISSIONE   Me l'hai detto altre volte. Che importa? Vivre-
mo di piú.

LA NUBE   Tu giochi e non conosci gli immortali.

ISSIONE   Vorrei conoscerli, Nefele.

LA NUBE   Issione, tu credi che sian presenze come noi, come la Notte, la Terra o il vecchio Pan. Tu sei giovane,
Issione, ma sei nato sotto il vecchio destino. Per te non
esistono mostri ma soltanto compagni. Per te la morte
è una cosa che accade, come il giorno e la notte. Tu sei
uno di noi, Issione. Tu sei tutto nel gesto che fai. Ma
per loro, gli immortali, i tuoi gesti hanno un senso che
si prolunga. Essi tastano tutto da lontano con gli occhi,
le narici, le labbra. Sono immortali e non san vivere da
soli. Quello che tu compi o non compi, quel che dici, che
cerchi – tutto a loro contenta o dispiace. E se tu li disgusti – se per errore li disturbi nel loro Olimpo – ti piom-
bano addosso, e ti dànno la morte – quella morte che loro conoscono, ch'è un amaro sapore che dura e si sente.

ISSIONE   Dunque si può ancora morire.

LA NUBE   No, Issione. Faranno di te come un'ombra, ma un'ombra che rivuole la vita e non muore mai piú.

ISSIONE   Tu li hai veduti questi dèi?

LA NUBE   Li ho veduti... O Issione, non sai quel che chiedi.

ISSIONE   Anch'io ne ho veduti, Nefele. Non sono terribili.

LA NUBE   Lo sapevo. La tua sorte è segnata. Chi hai visto?

ISSIONE   Come posso saperlo? Era un giovane, che traversava la foresta a piedi nudi. Mi passò accanto e non mi disse una parola. Poi davanti a una rupe scomparve. Lo cercai a lungo per chiedergli chi era – lo stupore mi aveva inchiodato. Sembrava fatto della stessa carne tua.

LA NUBE   Hai veduto lui solo?

ISSIONE   Poi in sogno l'ho rivisto con le dee. E mi parve di stare con loro, di parlare e di ridere con loro. E mi dicevano le cose che tu dici, ma senza paura, senza tremare come te. Parlammo insieme del destino e della morte. Parlammo dell'Olimpo, ridemmo dei ridicoli mostri...

LA NUBE   O Issione, Issione, la tua sorte è segnata. Adesso sai cos'è mutato sopra i monti. E anche tu sei mutato. E credi di essere qualcosa piú di un uomo.

ISSIONE   Ti dico, Nefele, che tu sei come loro. Perché, almeno in sogno, non dovrebbero piacermi?

LA NUBE   Folle, non puoi fermarti ai sogni. Salirai fino a loro. Farai qualcosa di terribile. Poi verrà quella morte.

ISSIONE   Dimmi i nomi di tutte le dee.

LA NUBE   Lo vedi che il sogno non ti basta già piú? E che credi al tuo sogno come fosse reale? Io ti supplico, Issione, non salire alla vetta. Pensa ai mostri e ai castighi. Altro da loro non può uscire.

ISSIONE   Ho fatto ancora un altro sogno questa notte. C'eri anche tu, Nefele. Combattevamo coi Centauri. Avevo un figlio ch'era il figlio di una dea, non so quale. E mi pareva quel giovane che traversò la foresta. Era piú forte anche di me, Nefele. I centauri fuggirono, e la montagna fu nostra. Tu ridevi, Nefele. Vedi che anche nel sogno, la mia sorte è accettabile.

LA NUBE   La tua sorte è segnata. Non si sollevano impunemente gli occhi a una dea.

ISSIONE   Nemmeno a quella della quercia, la signora delle
      cime?
LA NUBE   L'una o l'altra, Issione, non importa. Ma non te-
      mere. Starò con te fino alla fine.

La Chimera

Volentieri i giovani greci andavano a illustrarsi e morire in Oriente. Qui la loro virtuosa baldanza navigava in un mare di favolose atrocità cui non tutti seppero tener testa. Inutile far nomi. Del resto le Crociate furono molte piú di sette. Della tristezza che consunse nei tardi anni l'uccisore della Chimera, e del nipote Sarpedonte che morí giovane sotto Troia, ci parla nientemeno che Omero nel sesto dell'*Iliade*.

(*Parlano Ippòloco e Sarpedonte*).

IPPÒLOCO   Eccoti, ragazzo.

SARPEDONTE   Ho veduto tuo padre, Ippòloco. Non vuol saperne di tornare. Passeggia brutto e testardo le campagne, e non cura le intemperie, né si lava. È vecchio e pezzente, Ippòloco.

IPPÒLOCO   Di lui che dicono i villani?

SARPEDONTE   Il campo Aleio è desolato, zio. Non ci sono che canne e paludi. Sul Xanto dove ho chiesto di lui, non l'avevano visto da giorni.

IPPÒLOCO   E lui che dice?

SARPEDONTE   Non ricorda né noi né le case. Quando incontra qualcuno, gli parla dei Sòlimi, e di Glauco, di Sísifo, della Chimera. Vedendomi ha detto: «Ragazzo, s'io avessi i tuoi anni, mi sarei già buttato a mare». Ma non minaccia anima viva. «Ragazzo» mi ha detto, «tu sei giusto e pietoso, smetti di vivere».

IPPÒLOCO   Davvero brontola e rimpiange a questo modo?

SARPEDONTE   Dice cose minacciose e terribili. Chiama gli dèi a misurarsi con lui. Giorno e notte, cammina. Ma non ingiuria né compiange che i morti – o gli dèi.

IPPÒLOCO   Glauco e Sísifo, hai detto?

SARPEDONTE   Dice che furono puniti a tradimento. Perché aspettare che invecchiassero, per sorprenderli tristi e caduchi? «Bellerofonte» dice, «fu giusto e pietoso fin che il sangue gli corse nei muscoli. E adesso che è vecchio e che è solo, proprio adesso gli dèi l'abbandonano?»

IPPÒLOCO   Strana cosa, stupirsi di questo. E accusare gli dèi di ciò che tocca a tutti i vivi. Ma lui che cosa ha di comune con quei morti – lui che fu sempre giusto?

SARPEDONTE   Ascolta, Ippòloco... Anch'io mi son chiesto, vedendo quell'occhio smarrito, se parlavo con l'uomo che un tempo fu Bellerofonte. A tuo padre è accaduto qualcosa. Non è vecchio soltanto. Non è soltanto triste e solo. Tuo padre sconta la Chimera.

IPPÒLOCO   Sarpedonte, sei folle?

SARPEDONTE   Tuo padre accusa l'ingiustizia degli dèi che
  hanno voluto che uccidesse la Chimera. «Da quel giorno» ripete, «che mi sono arrossato nel sangue del mostro, non ho piú avuto vita vera. Ho cercato nemici, do-
  mato le Amazzoni, fatto strage dei Sòlimi, ho regnato
  sui Lici e piantato un giardino – ma cos'è tutto questo?
  Dov'è un'altra Chimera? Dov'è la forza delle braccia che
  l'uccisero? Anche Sísifo e Glauco mio padre furon giovani e giusti – poi entrambi invecchiando, gli dèi li tradi-
  rono, li lasciarono imbestiarsi e morire. Chi una volta
  affrontò la Chimera, come può rassegnarsi a morire?»
  Questo dice tuo padre, che fu un giorno Bellerofonte.

IPPÒLOCO   Da Sísifo, che incatenò il fanciullo Tànatos, a
  Glauco che nutriva i cavalli con uomini vivi, la nostra
  stirpe ne ha violati di confini. Ma questi son uomini antichi e di un tempo mostruoso. La Chimera fu l'ultimo
  mostro che videro. La nostra terra ora è giusta e pietosa.

SARPEDONTE   Tu credi, Ippòloco? Credi che basti averla
  uccisa? Nostro padre – lo posso chiamare cosí – dovrebbe saperlo. Eppure è triste come un dio – come un dio
  derelitto e canuto, e attraversa campagne e paludi parlando a quei morti.

IPPÒLOCO   Ma che cosa gli manca, che cosa?

SARPEDONTE   Gli manca il braccio che l'ha uccisa. Gli
  manca l'orgoglio di Glauco e di Sísifo, proprio adesso
  che come i suoi padri è giunto al limite, alla fine. La loro
  audacia lo travaglia. Sa che mai piú un'altra Chimera lo
  aspetterà in mezzo alle rupi. E chiama alla sfida gli dèi.

IPPÒLOCO   Sono suo figlio, Sarpedonte, ma non capisco
  queste cose. Sulla terra ormai fatta pietosa si dovrebbe
  invecchiare tranquilli. In un giovane, quasi un ragazzo,
  come te Sarpedonte, capisco il tumulto del sangue. Ma
  solo in un giovane. Ma per cause onorate. E non mettersi
  contro gli dèi.

SARPEDONTE   Ma lui sa cos'è un giovane e un vecchio. Ha
  veduto altri giorni. Ha veduto gli dèi, come noi ci vediamo. Narra cose terribili.

IPPÒLOCO   Hai potuto ascoltarlo?

SARPEDONTE   O Ippòloco, e chi non vorrebbe ascoltarlo?
  Bellerofonte ha visto cose che non accadono sovente.

IPPÒLOCO   Lo so, Sarpedonte, lo so, ma quel mondo è passato. Quand'ero bambino, le narrava anche a me.

SARPEDONTE   Solamente che allora non parlava coi morti. A quel tempo eran favole. Oggi invece i destini che tocca diventano il suo.

IPPÒLOCO   E che cosa racconta?

SARPEDONTE   Sono fatti che sai. Ma non sai la freddezza, lo sguardo smarrito, come di chi non è piú nulla e sa ogni cosa. Sono storie di Lidia e di Frigia, storie vecchie, senza giustizia né pietà. Conosci quella del Sileno che un dio provocò alla sconfitta sul monte Celene, e poi uccise macellandolo, come il beccaio ammazza un capro? Dalla grotta ora sgorga un torrente come fosse il suo sangue. La storia della madre impietrata, fatta rupe che piange, perché piacque a una dea di ucciderle i figli a uno a uno, a frecciate? E la storia di Aracne, che per l'odio di Atena inorridí e divenne ragno? Sono cose che accaddero. Gli dèi le hanno fatte.

IPPÒLOCO   E sta bene. Che importa? Non serve pensarci. Di quei destini non rimane nulla.

SARPEDONTE   Rimane il torrente, la rupe, l'orrore. Rimangono i sogni. Bellerofonte non può fare un passo senza urtare un cadavere, un odio, una pozza di sangue, dei tempi che tutto accadeva e non erano sogni. Il suo braccio a quel tempo pesava nel mondo e uccideva.

IPPÒLOCO   Anche lui fu crudele, dunque.

SARPEDONTE   Era giusto e pietoso. Uccideva Chimere. E adesso che è vecchio e che è stanco, gli dèi l'abbandonano.

IPPÒLOCO   Per questo corre le campagne?

SARPEDONTE   È figliolo di Glauco e di Sísifo. Teme il capriccio e la ferocia degli dèi. Si sente imbestiare e non vuole morire. «Ragazzo» mi dice, «quest'è la beffa e il tradimento: prima ti tolgono ogni forza e poi si sdegnano se tu sarai meno che uomo. Se vuoi vivere, smetti di vivere...»

IPPÒLOCO   E perché non si uccide, lui che sa queste cose?

SARPEDONTE   Nessuno si uccide. La morte è destino. Non si può che augurarsela, Ippòloco.

I ciechi

Non c'è vicenda di Tebe in cui manchi il cieco indovino Tiresia. Poco dopo questo colloquio cominciarono le sventure di Edipo – vale a dire, gli si aprirono gli occhi, e lui stesso se li crepò dall'orrore.

(*Parlano Edipo e Tiresia*).

EDIPO   Vecchio Tiresia, devo credere a quel che si dice qui
in Tebe, che ti hanno accecato gli dèi per loro invidia?

TIRESIA   Se è vero che tutto ci viene da loro, devi crederci.

EDIPO   Tu che dici?

TIRESIA   Che degli dèi si parla troppo. Esser cieco non è
una disgrazia diversa da esser vivo. Ho sempre visto le
sventure toccare a suo tempo dove dovevano toccare.

EDIPO   Ma allora gli dèi che ci fanno?

TIRESIA   Il mondo è piú vecchio di loro. Già riempiva lo
spazio e sanguinava, godeva, era l'unico dio – quando il
tempo non era ancor nato. Le cose stesse, regnavano allora. Accadevano cose – adesso attraverso gli dèi tutto è
fatto parole, illusione, minaccia. Ma gli dèi posson dare
fastidio, accostare o scostare le cose. Non toccarle, non
mutarle. Sono venuti troppo tardi.

EDIPO   Proprio tu, sacerdote, dici questo?

TIRESIA   Se non sapessi almeno questo, non sarei sacerdote. Prendi un ragazzo che si bagna nell'Asopo. È un mattino d'estate. Il ragazzo esce dall'acqua, ci ritorna felice,
si tuffa e rituffa. Gli prende male e annega. Che cosa c'entrano gli dèi? Dovrà attribuire agli dèi la sua fine, oppure il piacere goduto? Né l'uno né l'altro. È accaduto
qualcosa – che non è bene né male, qualcosa che non ha
nome – gli daranno poi un nome gli dèi.

EDIPO   E dar il nome, spiegare le cose, ti par poco, Tiresia?

TIRESIA   Tu sei giovane, Edipo, e come gli dèi che sono
giovani rischiari tu stesso le cose e le chiami. Non sai ancora che sotto la terra c'è roccia e che il cielo piú azzurro
è il piú vuoto. Per chi come me non ci vede, tutte le cose
sono un urto, non altro.

EDIPO   Ma sei pure vissuto praticando gli dèi. Le stagioni, i piaceri, le miserie umane ti hanno a lungo occupato. Si racconta di te piú di una favola, come di un dio. E qualcuna cosí strana, cosí insolita, che dovrà pure avere un senso – magari quello delle nuvole nel cielo.

TIRESIA   Sono molto vissuto. Sono vissuto tanto che ogni storia che ascolto mi pare la mia. Che senso dici delle nuvole nel cielo?

EDIPO   Una presenza dentro il vuoto...

TIRESIA   Ma qual'è questa favola che tu credi abbia un senso?

EDIPO   Sei sempre stato quel che sei, vecchio Tiresia?

TIRESIA   Ah ti afferro. La storia dei serpi. Quando fui donna per sette anni. Ebbene, che ci trovi in questa storia?

EDIPO   A te è accaduto e tu lo sai. Ma senza un dio queste cose non accadono.

TIRESIA   Tu credi? Tutto può accadere sulla terra. Non c'è nulla d'insolito. A quel tempo provavo disgusto delle cose del sesso – mi pareva che lo spirito, la santità, il mio carattere, ne fossero avviliti. Quando vidi i due serpi godersi e mordersi sul muschio, non potei trattenere il mio dispetto: li toccai col bastone. Poco dopo, ero donna – e per anni il mio orgoglio fu costretto a subire. Le cose del mondo sono roccia, Edipo.

EDIPO   Ma è davvero cosí vile il sesso della donna?

TIRESIA   Nient'affatto. Non ci sono cose vili se non per gli dèi. Ci sono fastidi, disgusti e illusioni che, toccando la roccia, dileguano. Qui la roccia fu la forza del sesso, la sua ubiquità e onnipresenza sotto tutte le forme e i mutamenti. Da uomo a donna, e viceversa (sett'anni dopo rividi i due serpi), quel che non volli consentire con lo spirito mi venne fatto per violenza o per libidine, e io, uomo sdegnoso o donna avvilita, mi scatenai come una donna e fui abbietto come un uomo, e seppi ogni cosa del sesso: giunsi al punto che uomo cercavo gli uomini e donna le donne.

EDIPO   Vedi dunque che un dio ti ha insegnato qualcosa.

TIRESIA   Non c'è dio sopra il sesso. È la roccia, ti dico. Molti dèi sono belve, ma il serpe è il piú antico di tutti gli dèi. Quando si appiatta nella terra, ecco hai l'immagine del sesso. C'è in esso la vita e la morte. Quale dio può incarnare e comprendere tanto?

EDIPO   Ma tu stesso. L'hai detto.

TIRESIA Tiresia è vecchio e non è un dio. Quand'era giovane, ignorava. Il sesso è ambiguo e sempre equivoco.
È una metà che appare un tutto. L'uomo arriva a incar-
narselo, a viverci dentro come il buon nuotatore nell'acqua, ma intanto è invecchiato, ha toccato la roccia. Alla
fine un'idea, un'illusione gli resta: che l'altro sesso ne
esca sazio. Ebbene, non crederci: io so che per tutti è
una vana fatica.

EDIPO Ribattere a quanto tu dici non è facile. Non per
nulla la tua storia comincia coi serpi. Ma comincia pure
col disgusto, col fastidio del sesso. E che diresti a un uomo valido che ti giurasse d'ignorare il disgusto?

TIRESIA Che non è un uomo valido – è ancora un bambino.

EDIPO Anch'io, Tiresia, ho fatto incontri sulla strada di
Tebe. E in uno di questi si è parlato dell'uomo – dal-
l'infanzia alla morte – si è toccata la roccia anche noi. Da
quel giorno fui marito e fui padre, e re di Tebe. Non c'è
nulla d'ambiguo o di vano, per me, nei miei giorni.

TIRESIA Non sei il solo, Edipo, a creder questo. Ma la
roccia non si tocca a parole. Che gli dèi ti proteggano.
Anch'io ti parlo e sono vecchio. Soltanto il cieco sa la
tenebra. Mi pare di vivere fuori del tempo, di esser sempre vissuto, e non credo piú ai giorni. Anche in me c'è
qualcosa che gode e che sanguina.

EDIPO Dicevi che questo qualcosa era un dio. Perché,
buon Tiresia, non provi a pregarlo?

TIRESIA Tutti preghiamo qualche dio, ma quel che accade non ha nome. Il ragazzo annegato un mattino d'estate, cosa sa degli dèi? Che gli giova pregare? C'è un grosso serpe in ogni giorno della vita, e si appiatta e ci guarda. Ti sei mai chiesto, Edipo, perché gli infelici invec-
chiandosi accecano?

EDIPO Prego gli dèi che non mi accada.

Le cavalle

Di Ermete, dio ambiguo tra la vita e la morte, tra il sesso e lo spirito, fra i Titani e gli dèi dell'Olimpo, non è il caso di parlare. Ma che cosa significhi che il buon medico Asclepio esca da un mondo di divine metamorfosi bestiali, vale invece la pena di dirlo.

(*Parlano Ermete ctonio e il centauro Chirone*).

ERMETE   Il Dio ti chiede di allevare questo figlio, Chirone. Già sai della morte della bella Corònide. L'ha strappato il Dio dalle fiamme e dal grembo di lei con le mani immortali. Io fui chiamato presso il triste corpo umano che già ardeva – i capelli avvampavano come paglia di grano. Ma l'ombra nemmeno mi attese. Con un salto, dal rogo scomparve nell'Ade.

CHIRONE   Tornò puledra nel trapasso?

ERMETE   Cosí credo. Ma le fiamme e le vostre criniere si somigliano troppo. Non feci in tempo a sincerarmene. Dovetti afferrare il bambino per portarlo quassú.

CHIRONE   Bimbetto, era meglio se restavi nel fuoco. Tu non hai nulla di tua madre se non la triste forma umana. Tu sei figliolo di una luce abbacinante ma crudele, e dovrai vivere in un mondo di ombra esangue e angosciosa, di carne corrotta, di sospiri e di febbri – tutto ti viene dal Radioso. La stessa luce che ti ha fatto frugherà il mondo, implacabile, e dappertutto ti mostrerà la tristezza, la piaga, la viltà delle cose. Su di te veglieranno i serpenti.

ERMETE   Certo il mondo di ieri è scaduto se anche i serpenti son passati alla Luce. Ma, dimmi, tu sai perché è morta?

CHIRONE   Enodio, mai piú la vedremo balzare felice dal Dídimo al Pelio fra i canneti e le rupi. Tanto ci basti. Le parole sono sangue.

ERMETE   Chirone, puoi credermi quando ti dico che la piango come voi la piangete. Ma, ti giuro, non so perché il Dio l'abbia uccisa. Nella mia Làrissa si parla d'incontri bestiali nelle grotte e nei boschi...

CHIRONE   Che vuol dire? Lo siamo bestiali. E proprio tu, Enodio, che a Làrissa eri coglia di toro, e all'inizio dei tempi ti sei congiunto nel fango della palude con tutto quanto di sanguigno e ancora informe c'era al mondo, proprio tu ti stupisci?

ERMETE   È lontano quel tempo, Chirone, e adesso vivo sottoterra o sui crocicchi. Vi vedo a volte venir giú dalla montagna come macigni e saltare le pozze e le forre, e inseguirvi, chiamarvi, giocare. Capisco gli zoccoli, la vostra natura, ma non sempre voi siete cosí. Le tue braccia e il tuo petto di uomo, a dirne una, e il vostro grosso riso umano, e lei l'uccisa, e gli amori col Dio, le compagne che adesso la piangono – siete cose diverse. Anche tua madre, se non sbaglio, piacque a un dio.

CHIRONE   Altri tempi davvero. Il vecchio dio per amarla si fece stallone. Sulla vetta del monte.

ERMETE   Dunque, dimmi perché Corònide bella fu invece una donna e passeggiava nei vigneti e tanto giocò col Radioso che lui la uccise e bruciò il corpo?

CHIRONE   Enodio, dalla tua Làrissa quante volte hai veduto dopo una notte di vento la montagna dell'Olimpo stagliare nel cielo?

ERMETE   Non solo la vedo, ma a volte ci salgo.

CHIRONE   Un tempo, anche noi si galoppava fin lassú di costa in costa.

ERMETE   Ebbene, dovreste tornarci.

CHIRONE   Amico, Corònide c'è tornata.

ERMETE   Che vuoi dire con questo?

CHIRONE   Voglio dire che quella è la morte. Là ci sono i padroni. Non piú padroni come Crono il vecchio, o l'antico suo padre, o noi stessi nei giorni che ci accadeva di pensarci e la nostra allegria non sapeva piú confini e balzavamo tra le cose come cose ch'eravamo. A quel tempo la bestia e il pantano eran terra d'incontro di uomini e dèi. La montagna il cavallo la pianta la nube il torrente – tutto eravamo sotto il sole. Chi poteva morire a quel tempo? Che cos'era bestiale se la bestia era in noi come il dio?

ERMETE   Tu hai figliole, Chirone, e sono donne e son puledre a volontà. Perché ti lamenti? Qui avete il monte, avete il piano, e le stagioni. Non vi mancano neppure, per compiacervi, le dimore umane, capanne e villaggi, agli sbocchi delle vallate, e le stalle, i focolari, dove i tristi mortali favoleggiano di voi, pronti sempre a ospitarvi. Non ti pare che il mondo sia meglio tenuto dai nuovi padroni?

CHIRONE   Tu sei dei loro e li difendi. Tu che un giorno eri coglia e furore, ora conduci le ombre esangui sottoterra. Cosa sono i mortali se non ombre anzitempo? Ma godo a pensare che la madre di questo bimbetto c'è saltata da sola: se non altro ha trovato se stessa morendo.

ERMETE   Ora so perché è morta, lei che se ne andò alle pendici del monte e fu donna e amò il Dio col suo amore tanto che ne ebbe questo figlio. Tu dici che il Dio fu spietato. Ma puoi dire che lei, Corònide, abbia lasciato dietro a sé nel pantano la voglia bestiale, l'informe furore sanguigno che l'aveva generata?

CHIRONE   Certo che no. E con questo?

ERMETE   Gli dèi nuovi di Tessaglia che molto sorridono, soltanto di una cosa non possono ridere: credi a me che ho veduto il destino. Ogni volta che il caos trabocca alla luce, alla loro luce, devon trafiggere e distruggere e rifare. Per questo Corònide è morta.

CHIRONE   Ma non potranno piú rifarla. Dunque avevo ragione che l'Olimpo è la morte.

ERMETE   Eppure, il Radioso l'amava. L'avrebbe pianta se non fosse stato un dio. Le ha strappato il bimbetto. Te l'affida con gioia. Sa che tu solo potrai farne un uomo vero.

CHIRONE   Ti ho già detto la sorte che attende costui nelle case mortali. Sarà Asclepio, il signore dei corpi, un uomo-dio. Vivrà tra la carne corrotta e i sospiri. A lui guarderanno gli uomini per sfuggire il destino, per ritardare di una notte, di un istante, l'agonia. Passerà, questo bimbetto, tra la vita e la morte, come tu ch'eri coglia di toro e non sei piú che il guidatore delle ombre. Questa la sorte che gli Olimpici faranno ai vivi, sulla terra.

ERMETE   E non sarà meglio, ai mortali, finire cosí, che non l'antica dannazione d'incappare nella bestia o nell'albero, e diventare bue che mugge, serpente che striscia, sasso eterno, fontana che piange?

CHIRONE   Fin che l'Olimpo sarà il cielo, certo. Ma queste cose passeranno.

Il fiore

Che a questo fatto dolce-atroce, il quale non riesce a disgustarci di un dio primaverile come Apolline il Chiaro, assistessero i leopardiani Eros e Tànatos, è di solare evidenza.

(Parlano Eros e Tànatos).

EROS   Te l'aspettavi questo fatto, Tànatos?

TÀNATOS   Tutto mi aspetto, da un Olimpico. Ma che finisse in questo modo, no.

EROS   Per fortuna, i mortali la chiameranno una disgrazia.

TÀNATOS   Non è la prima, e non sarà l'ultima volta.

EROS   E intanto Iacinto è morto. Le sorelle già lo piangono. L'inutile fiore spruzzato del suo sangue, costella ormai tutte le valli dell'Eurota. È primavera, Tànatos, e il ragazzo non la vedrà.

TÀNATOS   Dov'è passato un immortale, sempre spuntano di questi fiori. Ma le altre volte, almeno, c'era una fuga, un pretesto, un'offesa. Riluttavano al dio, o commettevano empietà. Cosí accadde di Dafne, di Elino, di Atteone. Iacinto invece non fu che un ragazzo. Visse i suoi giorni venerando il suo signore. Giocò con lui come gioca il fanciullo. Era scosso e stupito. Tu, Eros, lo sai.

EROS   Già i mortali si dicono che fu una disgrazia. Nessuno pensa che il Radioso non è uso fallire i suoi colpi.

TÀNATOS   Ho assistito soltanto al sorriso aggrottato con cui seguí il volo del disco e lo vide cadere. Lo lanciò in alto nel senso del sole, e Iacinto levò gli occhi e le mani, e l'attese abbagliato. Gli piombò sulla fronte. Perché questo, Eros? Tu certo lo sai.

EROS   Che devo dirti, Tànatos? Io non posso intenerirmi su un capriccio. E lo sai anche tu – quando un dio avvicina un mortale, segue sempre una cosa crudele. Tu stesso hai parlato di Dafne e Atteone.

TÀNATOS   Che fu dunque, stavolta?

EROS   Te l'ho detto, un capriccio. Il Radioso ha voluto giocare. È disceso tra gli uomini e ha visto Iacinto. Per sei giorni è vissuto in Amicle, sei giorni che a Iacinto cambiarono il cuore e rinnovarono la terra. Poi quando al signore venne voglia di andarsene, Iacinto lo guardava smarrito. Allora il disco gli piombò tra gli occhi...

TÀNATOS   Chi sa... il Radioso non voleva che piangesse.

EROS   No. Che cosa sia piangere il Radioso non sa. Lo sappiamo noialtri, dèi e demoni bambini, ch'eravamo già in vita quando l'Olimpo era soltanto un monte brullo. Abbiamo visto molte cose, abbiamo visto piangere anche gli alberi e le pietre. Il signore è diverso. Per lui sei giorni o un'esistenza non fa nulla. Nessuno seppe tutto ciò come Iacinto.

TÀNATOS   Credi davvero che Iacinto abbia capito queste cose? Che il signore sia stato per lui altro che un modello, un compagno maggiore, un fratello fidato e venerato? Io l'ho veduto solamente quando tese le mani alla gara – non aveva sulla fronte che fiducia e stupore. Iacinto ignorava chi fosse il Radioso.

EROS   Tutto può darsi, Tànatos. Può anche darsi che il ragazzo non sapesse di Elino e di Dafne. Dove finisca lo sgomento e incominci la fede, è difficile dire. Ma certo trascorse sei giorni di ansiosa passione.

TÀNATOS   Secondo te, che cosa accadde nel suo cuore?

EROS   Quel che accade a ogni giovane. Ma stavolta l'oggetto dei pensieri e degli atti per un ragazzo fu eccessivo. Nella palestra, nelle stanze, lungo le acque dell'Eurota, parlava con l'ospite, s'accompagnava a lui, lo ascoltava. Ascoltava le storie di Delo e di Delfi, il Tifone, la Tessaglia, il paese degli Iperborei. Il dio parlava sorridendo tranquillo, come fa il viandante che credevano morto e ritorna piú esperto. Quel che è certo, il signore non disse mai del suo Olimpo, dei compagni immortali, delle cose divine. Parlò di sé, della sorella, delle Càriti, come si parla di una vita familiare – meravigliosa e familiare. Qualche volta ascoltarono insieme un poeta girovago, ospitato per la notte.

TÀNATOS   Nulla di brutto in tutto questo.

EROS   Nulla di brutto, e anzi parole di conforto. Iacinto imparò che il signore di Delo con quegli occhi indicibili e quella pacata parola aveva visto e trattato molte cose nel mondo che potevano anche a lui toccare un giorno. L'ospite discorreva anche di lui, della sua sorte. La vita spicciola di Amicle gli era chiara e familiare. Faceva progetti. Trattava Iacinto come un eguale e coetaneo, e i nomi di Aglaia, di Eurinòme, di Auxò – donne lontane e sorridenti, donne giovani, vissute con l'ospite in misteriosa intimità – venivano detti con noncuranza tranquilla, con un gusto indolente che a Iacinto faceva rabbrividire il cuore. Questo lo stato del ragazzo. Davanti al signore ogni cosa era agevole, chiara. A Iacinto pareva di potere ogni cosa.

TÀNATOS   Ho conosciuto altri mortali. E piú esperti, piú saggi, piú forti che Iacinto. Tutti distrusse questa smania di potere ogni cosa.

EROS   Mio caro, in Iacinto non fu che speranza, una trepida speranza di somigliarsi all'ospite. Né il Radioso raccolse l'entusiasmo che leggeva in quegli occhi – gli bastò suscitarlo –, lui scorgeva già allora negli occhi e nei riccioli il bel fiore chiazzato ch'era la sorte di Iacinto. Non pensò né a parole né a lacrime. Era venuto per vedere un fiore. Questo fiore doveva esser degno di lui – meraviglioso e familiare, come il ricordo delle Càriti. E con calma indolenza creò questo fiore.

TÀNATOS   Siamo cose feroci, noialtri immortali. Io mi chiedo fin dove gli Olimpici faranno il destino. Tutto osare può darsi distrugga anche loro.

EROS   Chi può dirlo? Dai tempi del caos non si è visto che sangue. Sangue d'uomini, di mostri e di dèi. Si comincia e si muore nel sangue. Tu come credi di esser nato?

TÀNATOS   Che per nascere occorra morire, lo sanno anche gli uomini. Non lo sanno gli Olimpici. Se lo sono scordato. Loro durano in un mondo che passa. Non esistono: sono. Ogni loro capriccio è una legge fatale. Per esprimere un fiore distruggono un uomo.

EROS   Sí, Tànatos. Ma non vogliamo tener conto dei ricchi pensieri che Iacinto incontrò? Quell'ansiosa speranza che fu il suo morire fu pure il suo nascere. Era un giovane inconscio, un poco assorto, annebbiato d'infanzia, il figliolo d'Amicle, re modesto di terra modesta – che cosa mai sarebbe stato senza l'ospite di Delo?

TÀNATOS   Un uomo tra gli uomini, Eros.

EROS   Lo so. E so pure che alla sorte non si sfugge. Ma non son uso intenerirmi su un capriccio. Iacinto ha vissuto sei giorni nell'ombra di una luce. Non gli mancò, della gioia perfetta, nemmeno la fine rapida e amara.

Quella che Olimpici e immortali non conoscono. Che altro vorresti, Tànatos, per lui?

TÀNATOS   Che il Radioso lo piangesse come noi.

EROS   Tu chiedi troppo, Tànatos.

La belva

Noi siamo convinti che gli amori di Artemide con Endimione non furono cosa carnale. Ciò beninteso non esclude – tutt'altro – che il meno energico dei due anelasse a sparger sangue. Il carattere non dolce della dea vergine – signora delle belve, ed emersa nel mondo da una selva d'indescrivibili madri divine del mostruoso Mediterraneo – è noto. Altrettanto noto è che uno quando non dorme vorrebbe dormire e passa alla storia come l'eterno sognatore.

(*Parlano Endimione e uno straniero*).

ENDIMIONE Ascolta, passante. Come a straniero posso
dirti queste cose. Non spaventarti dei miei occhi di folle.
Gli stracci che ti avvolgono i piedi sono brutti come i
miei occhi, ma tu sembri un uomo valido che quando
vorrà si fermerà nel paese che ha scelto, e qui avrà un ri-
paro, un lavoro, una casa. Ma sono convinto che se adesso cammini è perché non hai nulla se non la tua sorte. E
tu vai per le strade a quest'ora dell'alba – dunque ti piace essere sveglio tra le cose quando escono appena dal
buio e nessuno le ha ancora toccate. Vedi quel monte?
È il Latmo. Io l'ho salito tante volte nella notte, quan-
d'era piú nero, e ho atteso l'alba tra i suoi faggi. Eppure
mi pare di non averlo toccato mai.
STRANIERO Chi può dire di aver mai toccato quello accanto a cui passa?
ENDIMIONE Penso a volte che noi siamo come il vento che
trascorre impalpabile. O come i sogni di chi dorme. Tu
ami, straniero, dormire di giorno?
STRANIERO Dormo comunque, quando ho sonno e casco.
ENDIMIONE E nel sonno ti accade – tu che vai per le strade – di ascoltar lo stormire del vento, e gli uccelli, gli
stagni, il ronzío, la voce dell'acqua? Non ti pare, dor-
mendo, di non essere mai solo?
STRANIERO Amico, non saprei. Sono vissuto sempre solo.
ENDIMIONE O straniero, io non trovo piú pace nel sonno.
Credo di aver dormito sempre, eppure so che non è vero.
STRANIERO Tu mi sembri uomo fatto, e robusto.
ENDIMIONE Lo sono, straniero, lo sono. E so il sonno del
vino, e quello pesante che si dorme al fianco di una donna, ma tutto questo non mi giova. Dal mio letto oramai
tendo l'udito, e sto pronto a balzare, e ho questi occhi,
questi occhi, come di chi fissa nel buio. Mi pare di esser
sempre vissuto cosí.

STRANIERO   Ti è mancato qualcuno?

ENDIMIONE   Qualcuno? O straniero, tu lo credi che noi siamo mortali?

STRANIERO   Qualcuno ti è morto?

ENDIMIONE   Non qualcuno. Straniero, quando salgo sul Latmo io non sono piú un mortale. Non guardare i miei occhi, non contano. So che non sogno, da tanto non dormo. Vedi le chiazze di quei faggi, sulla rupe? Questa notte ero là e l'ho aspettata.

STRANIERO   Chi doveva venire?

ENDIMIONE   Non diciamo il suo nome. Non diciamolo. Non ha nome. O ne ha molti, lo so. Compagno uomo, tu sai cos'è l'orrore del bosco quando vi si apre una radura notturna? O no. Quando ripensi nottetempo alla radura che hai veduto e traversato di giorno, e là c'è un fiore, una bacca che sai, che oscilla al vento, e questa bacca, questo fiore, è una cosa selvaggia, intoccabile, mortale, fra tutte le cose selvagge? Capisci questo? Un fiore che è come una belva? Compagno, hai mai guardato con spavento e con voglia la natura di una lupa, di una daina, di una serpe?

STRANIERO   Intendi, il sesso della belva viva?

ENDIMIONE   Sí ma non basta. Hai mai conosciuto persona che fosse molte cose in una, le portasse con sé, che ogni suo gesto, ogni pensiero che tu fai di lei racchiudesse infinite cose della tua terra e del tuo cielo, e parole, ricordi, giorni andati che non saprai mai, giorni futuri, certezze, e un'altra terra e un altro cielo che non ti è dato possedere?

STRANIERO   Ho sentito parlare di questo.

ENDIMIONE   O straniero, e se questa persona è la belva, la cosa selvaggia, la natura intoccabile, che non ha nome?

STRANIERO   Tu parli di cose terribili.

ENDIMIONE   Ma non basta. Tu mi ascolti, com'è giusto. E se vai per le strade, sai che la terra è tutta piena di divino e di terribile. Se ti parlo è perché, come viandanti e sconosciuti, anche noi siamo un poco divini.

STRANIERO   Certo, ho veduto molte cose. E qualcuna terribile. Ma non occorre andar lontano. Se può giovarti, ti dirò che gli immortali sanno la strada della cappa del camino.

ENDIMIONE   Dunque, lo sai, e mi puoi credere. Io dormivo una sera sul Latmo – era notte – mi ero attardato nel

vagabondare, e seduto dormivo, contro un tronco. Mi
risvegliai sotto la luna – nel sogno ebbi un brivido al
pensiero ch'ero là, nella radura – e la vidi. La vidi che
mi guardava, con quegli occhi un poco obliqui, occhi fermi, trasparenti, grandi dentro. Io non lo seppi allora,
non lo sapevo l'indomani, ma ero già cosa sua, preso nel
cerchio dei suoi occhi, dello spazio che occupava, della
radura, del monte. Mi salutò con un sorriso chiuso; io le
dissi: «Signora»; e aggrottava le ciglia, come ragazza un
po' selvatica, come avesse capito che mi stupivo, e quasi
dentro sbigottivo, a chiamarla signora. Sempre rimase
poi fra noi quello sgomento.

O straniero, lei mi disse il mio nome e mi venne vicino
– la tunica non le dava al ginocchio – e stendendo la mano mi toccò sui capelli. Mi toccò quasi esitando, e le venne un sorriso, un sorriso incredibile, mortale. Io fui per
cadere prosternato – pensai tutti i suoi nomi – ma lei mi
trattenne come si trattiene un bimbo, la mano sotto il
mento. Sono grande e robusto, mi vedi, lei era fiera e non
aveva che quegli occhi – una magra ragazza selvatica –
ma fui come un bimbo. «Tu non dovrai svegliarti mai»,
mi disse. «Non dovrai fare un gesto. Verrò ancora a tro-
varti». E se ne andò per la radura.

Percorsi il Latmo quella notte, fino all'alba. Seguii la luna in tutte le forre, nelle macchie, sulle vette. Tesi l'o-
recchio che ancora avevo pieno, come d'acqua marina, di
quella voce un poco rauca, fredda, materna. Ogni brusio
e ogni ombra mi arrestava. Delle creature selvagge intravvidi soltanto le fughe. Quando venne la luce – una
luce un po' livida, coperta – guardai dall'alto la pianura,
questa strada che facciamo, straniero, e capii che mai piú
sarei vissuto tra gli uomini. Non ero piú uno di loro. At-
tendevo la notte.

STRANIERO Cose incredibili racconti, Endimione. Ma incredibili in questo che, poiché senza dubbio sei tornato
sul monte, tu viva e cammini tuttora, e la selvaggia, la
signora dai nomi, non ti abbia ancora fatto suo.

ENDIMIONE Io sono suo, straniero.

STRANIERO Voglio dire... Non conosci la storia del pastore lacerato dai cani, l'indiscreto, l'uomo-cervo...?

ENDIMIONE O straniero, io so tutto di lei. Perché abbiamo parlato, parlato, e io fingevo di dormire, sempre,
tutte le notti, e non toccavo la sua mano, come non si

tocca la leonessa o l'acqua verde dello stagno, o la cosa che è piú nostra e portiamo nel cuore. Ascolta. Mi sta innanzi – una magra ragazza, non sorride, mi guarda. E gli occhi grandi, trasparenti, hanno visto altre cose. Le vedono ancora. Sono loro queste cose. In questi occhi c'è la bacca e la belva, c'è l'urlo, la morte, l'impetramento crudele. So il sangue sparso, la carne dilaniata, la terra vorace, la solitudine. Per lei, la selvaggia, è solitudine. Per lei la belva è solitudine. La sua carezza è la carezza che si fa al cane o al tronco d'albero. Ma, straniero, lei mi guarda, mi guarda, e nella tunica breve è una magra ragazza, come tu forse ne hai vedute al tuo paese.

STRANIERO   Della tua vita d'uomo, Endimione, non avete parlato?

ENDIMIONE   Straniero, tu sai cose terribili, e non sai che il selvaggio e il divino cancellano l'uomo?

STRANIERO   Quando sali sul Latmo non sei piú mortale, lo so. Ma gli immortali sanno stare soli. E tu non vuoi la solitudine. Tu cerchi il sesso delle bestie. Tu con lei fingi il sonno. Che cos'è dunque che le hai chiesto?

ENDIMIONE   Che sorridesse un'altra volta. E questa volta esserle sangue sparso innanzi, essere carne nella bocca del suo cane.

STRANIERO   E che ti ha detto?

ENDIMIONE   Nulla dice. Mi guarda. Mi lascia solo, sotto l'alba. E la cerco tra i faggi. La luce del giorno mi ferisce gli occhi. «Tu non dovrai svegliarti mai», mi ha detto.

STRANIERO   O mortale, quel giorno che sarai sveglio veramente, saprai perché ti ha risparmiato il suo sorriso.

ENDIMIONE   Lo so fin d'ora, o straniero, o tu che parli come un dio.

STRANIERO   Il divino e il terribile corron la terra, e noi andiamo sulle strade. L'hai detto tu stesso.

ENDIMIONE   O dio viandante, la sua dolcezza è come l'alba, è terra e cielo rivelati. Ed è divina. Ma per altri, per le cose e le belve, lei la selvaggia ha un riso breve, un comando che annienta. E nessuno le ha mai toccato il ginocchio.

STRANIERO   Endimione, rasségnati nel tuo cuore mortale. Né dio né uomo l'ha toccata. La sua voce ch'è rauca e materna è tutto quanto la selvaggia ti può dare.

ENDIMIONE   Eppure.

STRANIERO   Eppure?

ENDIMIONE   Fin che quel monte esisterà non avrò piú pace nel sonno.

STRANIERO   Ciascuno ha il sonno che gli tocca, Endimione. E il tuo sonno è infinito di voci e di grida, e di terra, di cielo, di giorni. Dormilo con coraggio, non avete altro bene. La solitudine selvaggia è tua. Amala come lei l'ama. E adesso, Endimione, io ti lascio. La vedrai questa notte.

ENDIMIONE   O dio viandante, ti ringrazio.

STRANIERO   Addio. Ma non dovrai svegliarti piú, ricordà.

Schiuma d'onda

Di Britomarti, ninfa cretese e minoica, ci parla Callimaco. Che Saffo fosse lesbica di Lesbo è un fatto spiacevole, ma noi riteniamo piú triste il suo scontento della vita, per cui s'indusse a buttarsi in mare, nel mare di Grecia. Questo mare è pieno d'isole e sulla piú orientale di tutte, Cipro, scese Afrodite nata dalle onde. Mare che vide molti amori e grosse sventure. È necessario fare i nomi di Ariadne, Fedra, Andromaca, Elle, Scilla, Io, Cassandra, Medea? Tutte lo traversarono, e piú d'una ci rimase. Vien da pensare che sia tutto intriso di sperma e di lacrime.

(*Parlano Saffo e Britomarti*).

SAFFO   È monotono qui, Britomarti. Il mare è monotono.
Tu che sei qui da tanto tempo, non t'annoi?

BRITOMARTI   Preferivi quand'eri mortale, lo so. Diventare un po' d'onda che schiuma, non vi basta. Eppure cer-
cate la morte, questa morte. Tu perché l'hai cercata?

SAFFO   Non sapevo che fosse cosí. Credevo che tutto finisse con l'ultimo salto. Che il desiderio, l'inquietudine,
il tumulto sarebbero spenti. Il mare inghiotte, il mare
annienta, mi dicevo.

BRITOMARTI   Tutto muore nel mare, e rivive. Ora lo sai.

SAFFO   E tu perché hai cercato il mare, Britomarti – tu
che eri ninfa?

BRITOMARTI   Non l'ho cercato, il mare. Io vivevo sui
monti. E fuggivo sotto la luna, inseguita da non so che
mortale. Tu, Saffo, non conosci i nostri boschi, altissimi,
a strapiombo sul mare. Spiccai il salto, per salvarmi.

SAFFO   E perché poi, salvarti?

BRITOMARTI   Per sfuggirgli, per essere io. Perché dovevo,
Saffo.

SAFFO   Dovevi? Tanto ti dispiaceva quel mortale?

BRITOMARTI   Non so, non l'avevo veduto. Sapevo soltanto che dovevo fuggire.

SAFFO   È possibile questo? Lasciare i giorni, la montagna, i prati – lasciar la terra e diventare schiuma d'onda
– tutto perché dovevi? *Dovevi* che cosa? Non ne sentivi
desiderî, non eri fatta anche di questo?

BRITOMARTI   Non ti capisco, Saffo bella. I desiderî e l'inquietudine ti han fatta chi sei; poi ti lagni che anch'io
sia fuggita.

SAFFO   Tu non eri mortale e sapevi che a niente si sfugge.

BRITOMARTI   Non ho fuggito i desiderî, Saffo. Quel che
desidero ce l'ho. Prima ero ninfa delle rupi, ora del mare. Siamo fatte di questo. La nostra vita è foglia e tron-

co, polla d'acqua, schiuma d'onda. Noi giochiamo a sfiorare le cose, non fuggiamo. Mutiamo. Questo è il nostro desiderio e il destino. Nostro solo terrore è che un uomo ci possegga, ci fermi. Allora sí che sarebbe la fine. Tu conosci Calipso?

SAFFO   Ne ho sentito.

BRITOMARTI   Calipso si è fatta fermare da un uomo. E piú nulla le è valso. Per anni e per anni non uscí piú dalla sua grotta. Vennero tutte, Leucotea, Callianira, Cimodoce, Oritía, venne Anfitríte, e le parlarono, la presero con sé, la salvarono. Ma ci vollero anni, e che quell'uomo se ne andasse.

SAFFO   Io capisco Calipso. Ma non capisco che vi abbia ascoltate. Che cos'è un desiderio che cede?

BRITOMARTI   Oh Saffo, onda mortale, non saprai mai cos'è sorridere?

SAFFO   Lo sapevo da viva. E ho cercato la morte.

BRITOMARTI   Oh Saffo, non è questo il sorridere. Sorridere è vivere come un'onda o una foglia, accettando la sorte. È morire a una forma e rinascere a un'altra. È accettare, accettare, se stesse e il destino.

SAFFO   Tu l'hai dunque accettato?

BRITOMARTI   Sono fuggita, Saffo. Per noialtre è piú facile.

SAFFO   Anch'io, Britomarti, nei giorni, sapevo fuggire. E la mia fuga era guardare nelle cose e nel tumulto, e farne un canto, una parola. Ma il destino è ben altro.

BRITOMARTI   Saffo, perché? Il destino è gioia, e quando tu cantavi il canto eri felice.

SAFFO   Non sono mai stata felice, Britomarti. Il desiderio non è canto. Il desiderio schianta e brucia, come il serpe, come il vento.

BRITOMARTI   Non hai mai conosciuto donne mortali che vivessero in pace nel desiderio e nel tumulto?

SAFFO   Nessuna... forse sí... Non le mortali come Saffo. Tu eri ancora la ninfa dei monti, io non ero ancor nata. Una donna varcò questo mare, una mortale, che visse sempre nel tumulto – forse in pace. Una donna che uccise, distrusse, accecò, come una dea – sempre uguale a se stessa. Forse non ebbe da sorridere neppure. Era bella, non sciocca, e intorno a lei tutto moriva e combatteva. Britomarti, combattevano e morivano chiedendo solo che il suo nome fosse un istante unito al loro, desse il nome alla vita e alla morte di tutti. E sorridevano per lei... Tu la conosci – Elena Tindaride, la figlia di Leda.

BRITOMARTI   E costei fu felice?

SAFFO   Non fuggí, questo è certo. Bastava a se stessa. Non si chiese quale fosse il suo destino. Chi volle, e fu forte abbastanza, la prese con sé. Seguí a dieci anni un eroe, la ritolsero a lui, la sposarono a un altro, anche questo la perse, se la contesero oltremare in molti, la riprese il secondo, visse in pace con lui, fu sepolta, e nell'Ade conobbe altri ancora. Non mentí con nessuno, non sorrise a nessuno. Forse fu felice.

BRITOMARTI   E tu invidi costei?

SAFFO   Non invidio nessuno. Io ho voluto morire. Essere un'altra non mi basta. Se non posso esser Saffo, preferisco esser nulla.

BRITOMARTI   Dunque accetti il destino?

SAFFO   Non l'accetto. Lo sono. Nessuno l'accetta.

BRITOMARTI   Tranne noi che sappiamo sorridere.

SAFFO   Bella forza. È nel vostro destino. Ma che cosa significa?

BRITOMARTI   Significa accettarsi e accettare.

SAFFO   E che cosa vuol dire? Si può accettare che una forza ti rapisca e tu diventi desiderio, desiderio tremante che si dibatte intorno a un corpo, di compagno o compagna, come la schiuma tra gli scogli? E questo corpo ti respinge e t'infrange, e tu ricadi, e vorresti abbracciare lo scoglio, accettarlo. Altre volte sei scoglio tu stessa, e la schiuma – il tumulto – si dibatte ai tuoi piedi. Nessuno ha mai pace. Si può accettare tutto questo?

BRITOMARTI   Bisogna accettarlo. Hai voluto sfuggire, e sei schiuma anche tu.

SAFFO   Ma tu lo senti questo tedio, quest'inquietudine marina? Qui tutto macera e ribolle senza posa. Anche ciò che è morto si dibatte inquieto.

BRITOMARTI   Dovresti conoscerlo il mare. Anche tu sei da un'isola...

SAFFO   Oh Britomarti, fin da bimba mi atterriva. Questa vita incessante è monotona e triste. Non c'è parola che ne dica il tedio.

BRITOMARTI   Un tempo, nella mia isola, vedevo arrivare e partire i mortali. C'erano donne come te, donne d'amore, Saffo. Non mi parvero mai tristi né stanche.

SAFFO   Lo so, Britomarti, lo so. Ma le hai seguite sul loro cammino? Ci fu quella che in terra straniera s'impiccò con le sue mani alla trave di casa. E quella che si svegliò la mattina sopra uno scoglio, abbandonata. E poi le altre, tante altre, da tutte le isole, da tutte le terre, che discesero in mare e chi fu serva, chi straziata, chi uccise i suoi figli, chi stentò giorno e notte, chi non toccò piú terraferma e divenne una cosa, una belva del mare.

BRITOMARTI   Ma la Tindaride, tu hai detto, uscí illesa.

SAFFO   Seminando l'incendio e la strage. Non sorrise a nessuno. Non mentí con nessuno. Ah, fu degna del mare. Britomarti, ricorda chi nacque quaggiú...

BRITOMARTI   Chi vuoi dire?

SAFFO   C'è ancora un'isola che non hai visto. Quando sorge il mattino, è la prima nel sole...

BRITOMARTI   Oh Saffo.

SAFFO   Là balzò dalla schiuma quella che non ha nome, l'inquieta angosciosa, che sorride da sola.

BRITOMARTI   Ma lei non soffre. È una gran dea.

SAFFO   E tutto quello che si macera e dibatte nel mare, è sua sostanza e suo respiro. Tu l'hai veduta, Britomarti?

BRITOMARTI   Oh Saffo, non dirlo. Sono soltanto una piccola ninfa.

SAFFO   Tu vedi, dunque...

BRITOMARTI   Davanti a lei, tutte fuggiamo. Non parlarne, bambina.

La madre

La vita di Meleagro era legata a un tizzone che la madre Altea cavò dal fuoco quando le nacque il figlio. Madre imperiosa che, quando Meleagro ebbe ucciso lo zio che pretendeva la sua parte della pelle del cinghiale, in uno scatto d'ira ributtò il tizzone nel fuoco e lo lasciò incenerire.

(*Parlano Meleagro e Ermete*).

MELEAGRO   Sono bruciato come un tizzo, Ermete.

ERMETE   Ma non avrai sofferto molto.

MELEAGRO   Era peggio la pena, la passione di prima.

ERMETE   E adesso ascolta, Meleagro. Tu sei morto. La fiamma, l'arsione sono cose passate. Tu sei meno del fumo che si è staccato da quel fuoco. Sei quasi il nulla. Rasségnati. E per te sono un nulla le cose del mondo, il mattino, la sera, i paesi. Guàrdati intorno adesso.

MELEAGRO   Non vedo nulla. E non m'importa. Sono ancora una brace... Cos'hai detto dei paesi del mondo? O Ermete, come a dio che tu sei, certo il mondo è bello, e diverso, e sempre dolce. Hai i tuoi occhi, Ermete. Ma io Meleagro fui soltanto cacciatore e figlio di cacciatori, non uscii mai dalle mie selve, vissi davanti a un focolare, e quando nacqui il mio destino era già chiuso nel tizzone che mia madre rubò. Non conobbi che qualche compagno, le belve, e mia madre.

ERMETE   Tu credi che l'uomo, qualunque uomo, abbia mai conosciuto altro?

MELEAGRO   Non so. Ma ho sentito narrare di libere vite di là dai monti e dai fiumi, di traversate, di arcipelaghi, d'incontri con mostri e con dèi. Di uomini piú forti anche di me, piú giovani, segnàti da strani destini.

ERMETE   Avevano tutti una madre, Meleagro. E fatiche da compiere. E una morte li attendeva, per la passione di qualcuno. Nessuno fu signore di sé né conobbe mai altro.

MELEAGRO   Una madre... nessuno conosce la mia. Nessuno sa cosa significhi saper la propria vita in mano a lei e sentirsi bruciare, e quegli occhi che fissano il fuoco. Perché, il giorno che nacqui, strappò il tizzone dalla fiamma e non lasciò che incenerissi? E dovevo crescere, diventare quel Meleagro, piangere, giocare, andare a caccia, veder l'inverno, veder le stagioni, essere uomo – ma saper

l'altra cosa, portare nel cuore quel peso, spiarle in viso
la mia sorte quotidiana. Qui è la pena. Non è nulla un
nemico.

ERMETE   Siete stranezze, voi mortali. Vi stupite di ciò che
sapete. Che un nemico non pesi, è evidente. Cosí come
ognuno ha una madre. E perché dunque è inaccettabile
saper la propria vita in mano a lei?

MELEAGRO   Noi cacciatori, Ermete, abbiamo un patto.
Quando saliamo la montagna ci aiutiamo a vicenda – ciascuno ha in pugno la vita dell'altro, ma non si tradisce il
compagno.

ERMETE   O sciocco, non si tradisce che il compagno... Ma
non è questo. Sempre la vostra vita è nel tizzone, e la
madre vi ha strappati dal fuoco, e voi vivete mezzo riar-
si. E la passione che vi finisce è ancora quella della madre. Che altro siete se non carne e sangue suoi?

MELEAGRO   Ermete, bisogna aver visto i suoi occhi. Bisogna averli visti dall'infanzia, e saputi familiari e sentiti
fissi su ogni tuo passo e gesto, per giorni, per anni, e sapere che invecchiano, che muoiono, e soffrirci, farsene
pena, temere di offenderli. Allora sí, è inaccettabile che
fissino il fuoco vedendo il tizzone.

ERMETE   Sai anche questo e ti stupisci, Meleagro? Ma che
invecchino e muoiano vuol dire che tu intanto ti sei fatto
uomo e sapendo di offenderli li vai cercando altrove vivi
e veri. E se trovi questi occhi – si trovano sempre, Meleagro – chi li porta è di nuovo la madre. E tu allora non
sai piú con chi hai da fare e sei quasi contento, ma sta'
certo che loro – la vecchia e le giovani – sanno. E nessuno può sfuggire al destino che l'ha segnato dalla nascita
col fuoco.

MELEAGRO   Qualche altro ha avuto il mio destino, Ermete?

ERMETE   Tutti, Meleagro, tutti. Tutti attende una morte,
per la passione di qualcuno. Nella carne e nel sangue di
ognuno rugge la madre. Vero è che molti sono vili, piú
di te.

MELEAGRO   Non ero vile, Ermete.

ERMETE   Ti parlo come a ombra, non come a mortale. Fin
che l'uomo non sa, è coraggioso.

MELEAGRO   Non sono vile, se mi guardo intorno. So tante
cose adesso. Ma non credo che anche lei – la giovane –
sapesse quegli occhi.

ERMETE   Non li sapeva. *Era* quegli occhi.

MELEAGRO   O Atalanta, io mi domando se anche tu sarai
madre, e capace di guardare nel fuoco.

ERMETE   Vedi se ti ricordi le parole che disse, la sera che
scannaste il cinghiale.

MELEAGRO   Quella sera. La sera del patto. Non la dimentico, Ermete. Atalanta era piena di furia perché avevo lasciato sfuggire la belva nella neve. Mi menò un colpo con
la scure e mi prese alla spalla. Io da quel colpo mi sentii
toccare appena, ma le urlai piú furente di lei: «Ritorna a
casa. Ritorna con le donne, Atalanta. Qui non è luogo
da capricci di ragazze». E la sera, quando il cinghiale fu
morto, Atalanta camminò con me in mezzo ai compagni
e mi diede la scure ch'era tornata a cercare da sola sul
nevaio. Facemmo il patto, quella sera, che, andando a
caccia, uno dei due sarebbe a turno stato disarmato, perché l'altro non fosse tentato dall'ira.

ERMETE   E che cosa ti disse Atalanta?

MELEAGRO   Non l'ho scordato, Ermete. «O figlio di Altea» disse, «la pelle del cinghiale starà sul nostro letto di
nozze. Sarà come il prezzo del tuo sangue – e del mio».
E sorrise, cosí per farsi perdonare.

ERMETE   Nessun mortale, Meleagro, riesce a pensare sua
madre ragazza. Ma non ti pare che chi dice queste cose
sarà capace di guardare il fuoco? Anche la vecchia Altea
ti uccise per un prezzo del sangue.

MELEAGRO   O Ermete, tutto ciò è il mio destino. Ma son
pure esistiti mortali che vissero a sazietà senza che nessuno avesse in pugno i loro giorni...

ERMETE   Tu ne conosci, Meleagro? Sarebbero dèi. Qualche vile è riuscito a nascondere il capo, ma anche lui portava sangue di madre, e allora l'odio, la passione, la furia
son divampati nel suo cuore solo. In qualche sera della
vita anche lui si è sentito riardere. Non tutti – è vero –
siete morti di questo. Tutti, quando sapete, conducete
una vita di morti. Credimi, Meleagro, tu hai avuto fortuna.

MELEAGRO   Ma nemmeno vedere i miei figli... non conoscere quasi il mio letto...

ERMETE   Hai avuto fortuna. I tuoi figli non nasceranno.
Il tuo letto è deserto. I tuoi compagni vanno a caccia come quando non c'eri. Tu sei un'ombra e il nulla.

MELEAGRO   E Atalanta, Atalanta?

ERMETE   La casa è vuota come quando annottava e tar-
davate a ritornare dalla caccia. Atalanta, che ti ha istigato a vendicarti, non è morta. Le due donne convivono
senza parole, guardano il focolare, dov'è stramazzato il
fratello di tua madre e dove tu sei fatto cenere. Forse
non si odiano nemmeno. Si conoscono troppo. Senza
l'uomo le donne son nulla.

MELEAGRO   Ma allora perché ci hanno ucciso?

ERMETE   Chiedi perché vi han fatto, Meleagro.

I due

Superfluo rifare Omero. Noi abbiamo voluto semplicemente riferire un colloquio che ebbe luogo la vigilia della morte di Patroclo.

(Parlano Achille e Patroclo).

ACHILLE   Patroclo, perché noi uomini diciamo sempre per farci coraggio: «Ne ho viste di peggio» quando dovremmo dire: «Il peggio verrà. Verrà un giorno che saremo cadaveri»?

PATROCLO   Achille, non ti conosco piú.

ACHILLE   Ma io sí ti conosco. Non basta un po' di vino per uccidere Patroclo. Stasera so che dopotutto non c'è differenza tra noialtri e gli uomini vili. Per tutti c'è un peggio. E questo peggio vien per ultimo, viene dopo ogni cosa, e ti tappa la bocca come un pugno di terra. È sempre bello ricordarsi: «Ho visto questo, ho patito quest'altro» – ma non è iniquo che proprio la cosa piú dura non la potremo ricordare?

PATROCLO   Almeno, uno di noi la potrà ricordare per l'altro. Speriamolo. Cosí giocheremo il destino.

ACHILLE   Per questo, la notte, si beve. Hai mai pensato che un bambino non beve, perché per lui non esiste la morte? Tu, Patroclo, hai bevuto da ragazzo?

PATROCLO   Non ho mai fatto nulla che non fosse con te e come te.

ACHILLE   Voglio dire, quando stavamo sempre insieme e giocavamo e cacciavamo, e la giornata era breve ma gli anni non passavano mai, tu sapevi cos'era la morte, la tua morte? Perché da ragazzi si uccide, ma non si sa cos'è la morte. Poi viene il giorno che d'un tratto si capisce, si è dentro la morte, e da allora si è uomini fatti. Si combatte e si gioca, si beve, si passa la notte impazienti. Ma hai mai veduto un ragazzo ubriaco?

PATROCLO   Mi chiedo quando fu la prima volta. Non lo so. Non ricordo. Mi pare di aver sempre bevuto, e ignorato la morte.

ACHILLE   Tu sei come un ragazzo, Patroclo.

PATROCLO   Chiedilo ai tuoi nemici, Achille.

ACHILLE   Lo farò. Ma la morte per te non esiste. E non è buon guerriero chi non teme la morte.

PATROCLO   Pure bevo con te, questa notte.

ACHILLE   E non hai ricordi, Patroclo? Non dici mai: «Quest'ho fatto. Quest'ho veduto» chiedendoti che cos'hai fatto veramente, che cos'è stata la tua vita, cos'è che hai lasciato di te sulla terra e nel mare? A che serve passare dei giorni se non si ricordano?

PATROCLO   Quand'eravamo due ragazzi, Achille, niente ricordavamo. Ci bastava essere insieme tutto il tempo.

ACHILLE   Io mi chiedo se ancora qualcuno in Tessaglia si ricorda d'allora. E quando da questa guerra torneranno i compagni laggiú, chi passerà su quelle strade, chi saprà che una volta ci fummo anche noi – ed eravamo due ragazzi come adesso ce n'è certo degli altri. Lo sapranno i ragazzi che crescono adesso, che cosa li attende?

PATROCLO   Non ci si pensa, da ragazzi.

ACHILLE   Ci sono giorni che dovranno ancora nascere e noi non vedremo.

PATROCLO   Non ne abbiamo veduti già molti?

ACHILLE   No, Patroclo, non molti. Verrà il giorno che saremo cadaveri. Che avremo tappata la bocca con un pugno di terra. E nemmeno sapremo quel che abbiamo veduto.

PATROCLO   Non serve pensarci.

ACHILLE   Non si può non pensarci. Da ragazzi si è come immortali, si guarda e si ride. Non si sa quello che costa. Non si sa la fatica e il rimpianto. Si combatte per gioco e ci si butta a terra morti. Poi si ride e si torna a giocare.

PATROCLO   Noi abbiamo altri giochi. Il letto e il bottino. I nemici. E questo bere di stanotte. Achille, quando torneremo in campo?

ACHILLE   Torneremo, sta' certo. Un destino ci aspetta. Quando vedrai le navi in fiamme, sarà l'ora.

PATROCLO   A questo punto?

ACHILLE   Perché? ti spaventa? Non ne hai viste di peggio?

PATROCLO   Mi mette la smania. Siamo qui per finirla. Magari domani.

ACHILLE   Non aver fretta, Patroclo. Lascia dire «domani» agli dèi. Solamente per loro quel che è stato sarà.

PATROCLO   Ma vederne di peggio dipende da noi. Fino al-
l'ultimo. Bevi, Achille. Alla lancia e allo scudo. Quel che
è stato sarà ancora. Torneremo a rischiare.

ACHILLE   Bevo ai mortali e agli immortali, Patroclo. A
mio padre e a mia madre. A quel che è stato, nel ricordo.
E a noi due.

PATROCLO   Tante cose ricordi?

ACHILLE   Non piú che una donnetta o un pezzente. Anche
loro son stati ragazzi.

PATROCLO   Tu sei ricco, Achille, e per te la ricchezza è
uno straccio che si butta. Tu solo puoi dire di esser come
un pezzente. Tu che hai preso d'assalto lo scoglio del Té-
nedo, tu che hai spezzato la cintura dell'amazzone, e lottato con gli orsi sulla montagna. Quale altro bimbo la
madre ha temprato nel fuoco come te? Tu sei spada e sei
lancia, Achille.

ACHILLE   Tranne nel fuoco, tu sei stato con me sempre.

PATROCLO   Come l'ombra accompagna la nube. Come Teseo con Piritoo. Forse un giorno ti aspetta, Achille, che
anche tu verrai nell'Ade a liberarmi. E vedremo anche
questa.

ACHILLE   Meglio quel tempo che non c'era l'Ade. Allora
andavamo tra boschi e torrenti e, lavato il sudore, eravamo ragazzi. Allora ogni gesto, ogni cenno era un gioco.
Eravamo ricordo e nessuno sapeva. Avevamo del coraggio? Non so. Non importa. So che sul monte del centauro era l'estate, era l'inverno, era tutta la vita. Eravamo
immortali.

PATROCLO   Ma poi venne il peggio. Venne il rischio e la
morte. E allora noi fummo guerrieri.

ACHILLE   Non si sfugge alla sorte. E non vidi mio figlio.
Anche Deidamia è morta. Oh perché non rimasi sull'isola in mezzo alle donne?

PATROCLO   Avresti poveri ricordi, Achille. Saresti un ragazzo. Meglio soffrire che non essere esistito.

ACHILLE   Ma chi ti dice che la vita fosse questa?... Oh
Patroclo, è questa. Dovevamo vedere il peggio.

PATROCLO   Io domani esco in campo. Con te.

ACHILLE   Non è ancora il mio giorno.

PATROCLO   E allora andrò solo. E per farti vergogna prenderò la tua lancia.

ACHILLE   Io non ero ancor nato, che abbatterono il fras-
sino. Vorrei vedere la radura che ne resta.

PATROCLO   Scendi in campo e la vedrai degna di te. Tanti nemici, tanti ceppi.

ACHILLE   Le navi non ardono ancora.

PATROCLO   Prenderò i tuoi schinieri e il tuo scudo. Sarai tu nel mio braccio. Nulla potrà sfiorarmi. Mi parrà di giocare.

ACHILLE   Sei davvero il bambino che beve.

PATROCLO   Quando correvi col centauro, Achille, non pensavi ai ricordi. E non eri piú immortale che stanotte.

ACHILLE   Solamente gli dèi sanno il destino e vivono. Ma tu giochi al destino.

PATROCLO   Bevi ancora con me. Poi domani, magari nell'Ade, diremo anche questa.

La strada

Tutti sanno che Edipo, vinta la sfinge e sposata Iocasta, scoperse chi era interrogando il pastore che l'aveva salvato sul Citerone. E allora l'oracolo che avrebbe ucciso il padre e sposata la madre fu vero, e Edipo si accecò dall'orrore e uscí di Tebe e morí vagabondo.

(*Parlano Edipo e un mendicante*).

EDIPO   Non sono un uomo come gli altri, amico. Io sono
stato condannato dalla sorte. Ero nato per regnare tra
voi. Sono cresciuto sulle montagne. Vedere una montagna o una torre mi rimescolava – o una città in distanza,
camminando nella polvere. E non sapevo di cercare la
mia sorte. Adesso non vedo piú nulla e le montagne son
soltanto fatica. Ogni cosa che faccio è destino. Capisci?

MENDICANTE   Io sono vecchio, Edipo, e non ho visto che
destini. Ma credi che gli altri – anche i servi, anche i gob-
bi o gli storpi – non amerebbero esser stati re di Tebe
come te?

EDIPO   Capiscimi, amico. Il mio destino non è stato di a-
ver perso qualcosa. Né gli anni né gli acciacchi mi spa-
ventano. Vorrei cadere anche piú in basso, vorrei perdere tutto – è la sorte comune. Ma non essere Edipo, non
essere l'uomo che senza saperlo doveva regnare.

MENDICANTE   Non capisco. Ringrazia che sei stato signore e hai mangiato, hai bevuto, hai dormito dentro un letto. Chi è morto sta peggio.

EDIPO   Non è questo, ti dico. Mi duole di prima, di quando non ero ancora nulla e avrei potuto essere un uomo
come gli altri. E invece no, c'era il destino. Dovevo andare e capitare proprio a Tebe. Dovevo uccidere quel
vecchio. Generare quei figli. Val la pena di fare una cosa
ch'era già come fatta quando ancora non c'eri?

MENDICANTE   Vale la pena, Edipo. A noi tocca e ci basta.
Lascia il resto agli dèi.

EDIPO   Non ci son dèi nella mia vita. Quel che mi tocca è
piú crudele degli dèi. Cercavo, ignaro come tutti, di far
bene, di trovare nei giorni un bene ignoto che mi desse
la sera un sollievo, la speranza che domani avrei fatto
di piú. Nemmeno all'empio manca questa contentezza.
M'accompagnavano sospetti, voci vaghe, minacce. Da

principio era solo un oracolo, una trista parola, e sperai
di scampare. Vissi tutti quegli anni come il fuggiasco si
guarda alle spalle. Osai credere soltanto ai miei pensieri,
agli istanti di tregua, ai risvegli improvvisi. Stetti sempre all'agguato. E non scampai. Proprio in quegli attimi
il destino si compiva.

MENDICANTE   Ma, Edipo, per tutti è cosí. Vuol dir questo
un destino. Certo i tuoi casi sono stati atroci.

EDIPO   No, non capisci, non capisci, non è questo. Vorrei
che fossero piú atroci ancora. Vorrei essere l'uomo piú
sozzo e piú vile purché quello che ho fatto l'avessi voluto. Non subíto cosí. Non compiuto volendo far altro. Che
cosa è ancora Edipo, che cosa siamo tutti quanti, se fin la
voglia piú segreta del tuo sangue è già esistita prima ancora che nascessi e tutto quanto era già detto?

MENDICANTE   Forse, Edipo, qualche giorno di contento
c'è stato anche per te. E non dico quando hai vinto la
Sfinge e tutta Tebe ti acclamava, o ti è nato il tuo primo
figliolo, e sedevi in palazzo ascoltando il consiglio. A queste cose non puoi piú pensare, va bene. Ma hai pure vissuto la vita di tutti; sei stato giovane e hai veduto il mondo, hai riso e giocato e parlato, non senza saggezza; hai
goduto delle cose, il risveglio e il riposo, e battuto le
strade. Ora sei cieco, va bene. Ma hai veduto altri giorni.

EDIPO   Sarei folle, a negarlo. E la mia vita è stata lunga.
Ma di nuovo ti dico: ero nato per regnare tra voi. A chi
ha la febbre le frutta piú buone dànno soltanto smanie e
nausea. E la mia febbre è il mio destino – il timore, l'orrore perenne di compiere proprio la cosa saputa. Io sapevo – ho saputo sempre – di agire come lo scoiattolo che
crede d'inerpicarsi e fa soltanto ruotare la gabbia. E mi
domando: chi fu Edipo?

MENDICANTE   Un grande un vero signore, puoi dirlo. Io
sentivo parlare di te, sulle strade e alle porte di Tebe. Ci
fu qualcuno che lasciò la casa e girò la Beozia e vide il
mare, e per avere la tua sorte andò a Delfi a tentare l'oracolo. Vedi che il tuo destino fu tanto insolito da mutare
l'altrui. Che dovrà dire invece un uomo sempre vissuto
in un villaggio, in un mestiere, che fa ogni giorno un solo
gesto, e ha i soliti figli, le solite feste, e muore all'età di
suo padre del solito male?

EDIPO   Non sono un uomo come gli altri, lo so. Ma so che
anche il servo o l'idiota se conoscesse i suoi giorni, schi-

ferebbe anche quel povero piacere che ci trova. I disgraziati che han cercato il mio destino, sono forse scampati al proprio?

MENDICANTE   La vita è grande, Edipo. Io, che ti parlo, sono stato di costoro. Ho lasciato la casa e percorso la Grecia. Ho visto Delfi e sono giunto al mare. Speravo l'incontro, la fortuna, la Sfinge. Ti sapevo felice nella reggia di Tebe. Ero un uomo robusto, allora. E se anche non ho trovato la Sfinge, e nessun oracolo ha parlato per me, mi è piaciuta la vita che ho fatto. Tu sei stato il mio oracolo. Tu hai rovesciato il mio destino. Mendicare o regnare, che importa? Abbiamo entrambi vissuto. Lascia il resto agli dèi.

EDIPO   Non saprai mai se ciò che hai fatto l'hai voluto... Ma certo la libera strada ha qualcosa di umano, di unicamente umano. Nella sua solitudine tortuosa è come l'immagine di quel dolore che ci scava. Un dolore che è come un sollievo, come una pioggia dopo l'afa – silenzioso e tranquillo, pare che sgorghi dalle cose, dal fondo del cuore. Questa stanchezza e questa pace, dopo i clamori del destino, son forse l'unica cosa che è nostra davvero.

MENDICANTE   Un giorno non c'eravamo, Edipo. Dunque anche le voglie del cuore, anche il sangue, anche i risvegli sono usciti dal nulla. Sto per dire che anche il tuo desiderio di scampare al destino, è destino esso stesso. Non siamo noi che abbiamo fatto il nostro sangue. Tant'è saperlo e viver franchi, secondo l'oracolo.

EDIPO   Fin che si cerca, amico, allora sí. Tu hai avuto fortuna a non giungere mai. Ma viene il giorno che ritorni al Citerone e tu piú non ci pensi, la montagna è per te un'altra infanzia, la vedi ogni giorno e magari ci sali. Poi qualcuno ti dice che sei nato lassú. E tutto crolla.

MENDICANTE   Ti capisco, Edipo. Ma abbiamo tutti una montagna dell'infanzia. E per lontano che si vagabondi, ci si ritrova sul suo sentiero. Là fummo fatti quel che siamo.

EDIPO   Altro è parlare, altro soffrire, amico. Ma certo parlando, qualcosa si placa nel cuore. Parlare è un poco come andare per le strade giorno e notte a modo nostro senza mèta, non come i giovani che cercano fortuna. E tu hai molto parlato, e visto molto. Davvero volevi regnare?

MENDICANTE   Chi lo sa? Quel che è certo, dovevo cambiare. Si cerca una cosa e si trova tutt'altro. Anche questo è destino. Ma parlare ci aiuta a ritrovare noi stessi.

EDIPO   E hai famiglia? hai qualcuno? Non credo.

MENDICANTE   Non sarei quel che sono.

EDIPO   Strana cosa che per capire il prossimo ci tocchi fuggirlo. E i discorsi piú veri sono quelli che facciamo per caso, tra sconosciuti. Oh cosí dovevo vivere, io Edipo, lungo le strade della Fòcide e dell'Istmo, quando avevo i miei occhi. E non salire le montagne, non dar retta agli oracoli...

MENDICANTE   Tu dimentichi almeno un discorso di quelli che hai fatto.

EDIPO   Quale, amico?

MENDICANTE   Quello al crocicchio della Sfinge.

La rupe

Nella storia del mondo l'èra detta titanica fu popolata di uomini, di mostri, e di dèi non ancora organizzati in Olimpo. Qualcuno anzi pensa che non ci fossero che mostri – vale a dire intelligenze chiuse in un corpo deforme e bestiale. Di qui il sospetto che molti degli uccisori di mostri – Eracle in testa – versassero sangue fraterno.

(*Parlano Eracle e Prometeo*).

ERACLE   Prometeo, sono venuto a liberarti.

PROMETEO   Lo so e ti aspettavo. Devo ringraziarti, Eracle. Hai percorso una strada terribile, per salire fin qua. Ma tu non sai cos'è paura.

ERACLE   Il tuo stato è piú terribile, Prometeo.

PROMETEO   Veramente tu non sai cos'è paura? Non credo.

ERACLE   Se paura è non fare quel che debbo, allora io non l'ho mai provata. Ma sono un uomo, Prometeo, non sempre so quello che debbo fare.

PROMETEO   Pietà e paura sono l'uomo. Non c'è altro.

ERACLE   Prometeo, tu mi trattieni a discorrere, e ogni istante che passa il tuo supplizio continua. Sono venuto a liberarti.

PROMETEO   Lo so, Eracle. Lo sapevo già quand'eri solo un bimbo in fasce, quando non eri ancora nato. Ma mi succede come a un uomo che abbia molto patito in un luogo – nel carcere, in esilio, in un pericolo – e quando viene il momento d'uscirne non sa risolversi a passare quell'istante, a mettersi dietro le spalle la vita sofferta.

ERACLE   Non vuoi lasciare la tua rupe?

PROMETEO   Devo lasciarla, Eracle – ti dico che ti aspettavo. Ma, come a uomo, l'istante mi pesa. Tu sai che qui si soffre molto.

ERACLE   Basta guardarti, Prometeo.

PROMETEO   Si soffre al punto che si vuol morire. Un giorno anche tu saprai questo, e salirai sopra una rupe. Ma io, Eracle, morire non posso. Nemmeno tu, del resto, morirai.

ERACLE   Che dici?

PROMETEO   Ti rapirà un dio. Anzi una dea.

ERACLE   Non so, Prometeo. Lascia dunque che ti sleghi.

PROMETEO   E tu sarai come un bambino, pieno di calda

gratitudine, e scorderai le iniquità e le fatiche, e vivrai sotto il cielo, lodando gli dèi, la loro sapienza e bontà.

ERACLE   Non ci viene ogni cosa da loro?

PROMETEO   O Eracle, c'è una sapienza piú antica. Il mondo è vecchio, piú di questa rupe. E anche loro lo sanno. Ogni cosa ha un destino. Ma gli dèi sono giovani, giovani quasi come te.

ERACLE   Non sei uno di loro anche tu?

PROMETEO   Lo sarò ancora. Cosí vuole il destino. Ma un tempo ero un titano e vissi in un mondo senza dèi. Anche questo è accaduto... Non puoi pensarlo un mondo simile?

ERACLE   Non è il mondo dei mostri e del caos?

PROMETEO   Dei titani e degli uomini, Eracle. Delle belve e dei boschi. Del mare e del cielo. È il mondo di lotta e di sangue, che ti ha fatto chi sei. Fin l'ultimo dio, il piú iniquo, era allora un titano. Non c'è cosa che valga, nel mondo presente o futuro, che non fosse titanica.

ERACLE   Era un mondo di rupi.

PROMETEO   Tutti avete una rupe, voi uomini. Per questo vi amavo. Ma gli dèi sono quelli che non sanno la rupe. Non sanno ridere né piangere. Sorridono davanti al destino.

ERACLE   Sono loro che ti hanno inchiodato.

PROMETEO   Oh Eracle, il vittorioso è sempre un dio. Fin che l'uomo-titano combatte e tien duro, può ridere e piangere. E se t'inchiodano, se sali sul monte, quest'è la vittoria che il destino ti consente. Dobbiamo esserne grati. Che cos'è una vittoria se non pietà che si fa gesto, che salva gli altri a spese sue? Ciascuno lavora per gli altri, sotto la legge del destino. Io stesso, Eracle, se oggi vengo liberato, lo devo a qualcuno.

ERACLE   Ne ho vedute di peggio, e non ti ho ancora liberato.

PROMETEO   Eracle, non parlo di te. Tu sei pietoso e coraggioso. Ma la tua parte l'hai già fatta.

ERACLE   Nulla ho fatto, Prometeo.

PROMETEO   Non saresti un mortale, se sapessi il destino. Ma tu vivi in un mondo di dèi. E gli dèi vi hanno tolto anche questo. Non sai nulla e hai già fatto ogni cosa. Ricorda il centauro.

ERACLE   L'uomo-belva che ho ucciso stamane?

PROMETEO   Non si uccidono, i mostri. Non lo possono
nemmeno gli dèi. Giorno verrà che crederai di avere ucciso un altro mostro, e piú bestiale, e avrai soltanto pre-
parato la tua rupe. Sai chi hai colpito stamattina?

ERACLE   Il centauro.

PROMETEO   Hai colpito Chirone, il pietoso, il buon amico dei titani e dei mortali.

ERACLE   Oh Prometeo...

PROMETEO   Non dolertene, Eracle. Siamo tutti consorti.
È la legge del mondo che nessuno si liberi se per lui non
si versa del sangue. Anche per te avverrà lo stesso, sul-
l'Oeta. E Chirone sapeva.

ERACLE   Vuoi dire che si è offerto?

PROMETEO   Certamente. Come un tempo io sapevo che il
furto del fuoco sarebbe stato la mia rupe.

ERACLE   Prometeo, lascia che ti sciolga. Poi dimmi tutto,
di Chirone e dell'Oeta.

PROMETEO   Sono già sciolto, Eracle. Io potevo esser sciolto se un altro prendeva il mio posto. E Chirone si è fatto
trafiggere da te, che la sorte mandava. Ma in questo mondo che è nato dal caos, regna una legge di giustizia. La
pietà, la paura e il coraggio sono solo strumenti. Nulla si
fa che non ritorni. Il sangue che tu hai sparso e spargerai,
ti spingerà sul monte Oeta a morir la tua morte. Sarà
il sangue dei mostri che tu vivi a distruggere. E salirai
su un rogo, fatto del fuoco che io ho rubato.

ERACLE   Ma non posso morire, mi hai detto.

PROMETEO   La morte è entrata in questo mondo con gli
dèi. Voi mortali temete la morte perché, in quanto dèi,
li sapete immortali. Ma ciascuno ha la morte che si merita. Finiranno anche loro.

ERACLE   Come dici?

PROMETEO   Tutto non si può dire. Ma ricòrdati sempre
che i mostri non muoiono. Quello che muore è la paura
che t'incutono. Cosí è degli dèi. Quando i mortali non
ne avranno piú paura, gli dèi spariranno.

ERACLE   Torneranno i titani?

PROMETEO   Non ritornano i sassi e le selve. Ci sono. Quel
che è stato sarà.

ERACLE   Ma foste pure incatenati. Anche tu.

PROMETEO   Siamo un nome, non altro. Capiscimi, Eracle.
E il mondo ha stagioni come i campi e la terra. Ritorna

l'inverno, ritorna l'estate. Chi può dire che la selva pe-
risca? o che duri la stessa? Voi sarete i titani, fra poco.

ERACLE   Noi mortali?

PROMETEO   Voi mortali – o immortali, non conta.

L'inconsolabile

Il sesso, l'ebbrezza e il sangue richiamarono sempre il mondo sotterraneo e promisero a piú d'uno beatitudini ctonie. Ma il tracio Orfeo, cantore, viandante nell'Ade e vittima lacerata come lo stesso Dioniso, valse di piú.

(*Parlano Orfeo e Bacca*).

ORFEO È andata cosí. Salivamo il sentiero tra il bosco delle ombre. Erano già lontani Cocito, lo Stige, la barca, i lamenti. S'intravvedeva sulle foglie il barlume del cielo. Mi sentivo alle spalle il fruscío del suo passo. Ma io ero ancora laggiú e avevo addosso quel freddo. Pensavo che un giorno avrei dovuto tornarci, che ciò ch'è stato sarà ancora. Pensavo alla vita con lei, com'era prima; che un'altra volta sarebbe finita. Ciò ch'è stato sarà. Pensavo a quel gelo, a quel vuoto che avevo traversato e che lei si portava nelle ossa, nel midollo, nel sangue. Valeva la pena di rivivere ancora? Ci pensai, e intravvidi il barlume del giorno. Allora dissi «Sia finita» e mi voltai. Euridice scomparve come si spegne una candela. Sentii soltanto un cigolío, come d'un topo che si salva.

BACCA Strane parole, Orfeo. Quasi non posso crederci. Qui si diceva ch'eri caro agli dèi e alle muse. Molte di noi ti seguono perché ti sanno innamorato e infelice. Eri tanto innamorato che – solo tra gli uomini – hai varcato le porte del nulla. No, non ci credo, Orfeo. Non è stata tua colpa se il destino ti ha tradito.

ORFEO Che c'entra il destino. Il mio destino non tradisce. Ridicolo che dopo quel viaggio, dopo aver visto in faccia il nulla, io mi voltassi per errore o per capriccio.

BACCA Qui si dice che fu per amore.

ORFEO Non si ama chi è morto.

BACCA Eppure hai pianto per monti e colline – l'hai cercata e chiamata – sei disceso nell'Ade. Questo cos'era?

ORFEO Tu dici che sei come un uomo. Sappi dunque che un uomo non sa che farsi della morte. L'Euridice che ho pianto era una stagione della vita. Io cercavo ben altro laggiú che il suo amore. Cercavo un passato che Euridice non sa. L'ho capito tra i morti mentre cantavo il mio canto. Ho visto le ombre irrigidirsi e guardar vuoto, i lamenti cessare, Persefòne nascondersi il volto, lo stesso tenebroso-impassibile, Ade, protendersi come un mortale e ascoltare. Ho capito che i morti non sono piú nulla.

BACCA   Il dolore ti ha stravolto, Orfeo. Chi non rivorrebbe il passato? Euridice era quasi rinata.

ORFEO   Per poi morire un'altra volta, Bacca. Per portarsi nel sangue l'orrore dell'Ade e tremare con me giorno e notte. Tu non sai cos'è il nulla.

BACCA   E cosí tu che cantando avevi riavuto il passato, l'hai respinto e distrutto. No, non ci posso credere.

ORFEO   Capiscimi, Bacca. Fu un vero passato soltanto nel canto. L'Ade vide se stesso soltanto ascoltandomi. Già salendo il sentiero quel passato svaniva, si faceva ricordo, sapeva di morte. Quando mi giunse il primo barlume di cielo, trasalii come un ragazzo, felice e incredulo, trasalii per me solo, per il mondo dei vivi. La stagione che avevo cercato era là in quel barlume. Non m'importò nulla di lei che mi seguiva. Il mio passato fu il chiarore, fu il canto e il mattino. E mi voltai.

BACCA   Come hai potuto rassegnarti, Orfeo? Chi ti ha visto al ritorno facevi paura. Euridice era stata per te un'esistenza.

ORFEO   Sciocchezze. Euridice morendo divenne altra cosa. Quell'Orfeo che discese nell'Ade, non era piú sposo né vedovo. Il mio pianto d'allora fu come i pianti che si fanno da ragazzo e si sorride a ricordarli. La stagione è passata. Io cercavo, piangendo, non piú lei ma me stesso. Un destino, se vuoi. Mi ascoltavo.

BACCA   Molte di noi ti vengon dietro perché credevano a questo tuo pianto. Tu ci hai dunque ingannate?

ORFEO   O Bacca, Bacca, non vuoi proprio capire? Il mio destino non tradisce. Ho cercato me stesso. Non si cerca che questo.

BACCA   Qui noi siamo piú semplici, Orfeo. Qui crediamo all'amore e alla morte, e piangiamo e ridiamo con tutti. Le nostre feste piú gioiose sono quelle dove scorre del sangue. Noi, le donne di Tracia, non le temiamo queste cose.

ORFEO   Visto dal lato della vita tutto è bello. Ma credi a chi è stato tra i morti... Non vale la pena.

BACCA   Un tempo non eri cosí. Non parlavi del nulla. Accostare la morte ci fa simili agli dèi. Tu stesso insegnavi

che un'ebbrezza travolge la vita e la morte e ci fa piú che
umani... Tu hai veduto la festa.

ORFEO   Non è il sangue ciò che conta, ragazza. Né l'ebbrezza né il sangue mi fanno impressione. Ma che cosa sia un
uomo è ben difficile dirlo. Neanche tu, Bacca, lo sai.

BACCA   Senza di noi saresti nulla, Orfeo.

ORFEO   Lo dicevo e lo so. Ma poi che importa? Senza di
voi sono disceso all'Ade...

BACCA   Sei disceso a cercarci.

ORFEO   Ma non vi ho trovate. Volevo tutt'altro. Che tor-
nando alla luce ho trovato.

BACCA   Un tempo cantavi Euridice sui monti...

ORFEO   Il tempo passa, Bacca. Ci sono i monti, non c'è piú
Euridice. Queste cose hanno un nome, e si chiamano uomo. Invocare gli dèi della festa qui non serve.

BACCA   Anche tu li invocavi.

ORFEO   Tutto fa un uomo, nella vita. Tutto crede, nei giorni. Crede perfino che il suo sangue scorra alle volte in ve-
ne altrui. O che quello che è stato si possa disfare. Crede
di rompere il destino con l'ebbrezza. Tutto questo lo so,
e non è nulla.

BACCA   Non sai che farti della morte, Orfeo, e il tuo pensiero è solo morte. Ci fu un tempo che la festa ci rendeva
immortali.

ORFEO   E voi godetela la festa. Tutto è lecito a chi non sa
ancora. È necessario che ciascuno scenda una volta nel
suo inferno. L'orgia del mio destino è finita nell'Ade,
finita cantando secondo i miei modi la vita e la morte.

BACCA   E che vuol dire che un destino non tradisce?

ORFEO   Vuol dire che è dentro di te, cosa tua; piú profondo del sangue, di là da ogni ebbrezza. Nessun dio può
toccarlo.

BACCA   Può darsi, Orfeo. Ma noi non cerchiamo nessuna
Euridice. Com'è dunque che scendiamo all'inferno anche noi?

ORFEO   Tutte le volte che s'invoca un dio si conosce la
morte. E si scende nell'Ade a strappare qualcosa, a violare un destino. Non si vince la notte, e si perde la luce.
Ci si dibatte come ossessi.

BACCA   Dici cose cattive... Dunque hai perso la luce anche
tu?

ORFEO   Ero quasi perduto, e cantavo. Comprendendo ho
trovato me stesso.

BACCA   Vale la pena di trovarsi in questo modo? C'è una
strada più semplice d'ignoranza e di gioia. Il dio è come
un signore tra la vita e la morte. Ci si abbandona alla sua
ebbrezza, si dilania o si vien dilaniate. Si rinasce ogni
volta, e ci si sveglia come te nel giorno.

ORFEO   Non parlare di giorno, di risveglio. Pochi uomini
sanno. Nessuna donna come te, sa cosa sia.

BACCA   Forse è per questo che ti seguono, le donne della
Tracia. Tu sei per loro come il dio. Sei disceso dai monti.
Canti versi di amore e di morte.

ORFEO   Sciocca. Con te si può parlare almeno. Forse un
giorno sarai come un uomo.

BACCA   Purché prima le donne di Tracia...

ORFEO   Di'.

BACCA   Purché non sbranino il dio.

L'uomo-lupo

Licaone, signore d'Arcadia, per la sua inumanità venne mutato in lupo da Zeus. Ma il mito non dice dove e come sia morto.

(*Parlano due cacciatori*).

PRIMO CACCIATORE   Non è la prima volta che s'ammazza
una bestia.

SECONDO CACCIATORE   Ma è la prima che abbiamo am-
mazzato un uomo.

PRIMO CACCIATORE   Pensarci non è fatto nostro. Sono i
cani che ce l'hanno stanato. Non tocca a noi dirci chi fosse. Quando l'abbiamo visto chiuso contro i sassi, canuto
e insanguinato, sguazzare nel fango, coi denti piú rossi
degli occhi, chi pensava al suo nome e alle storie di un
tempo? Morí mordendo il giavellotto come fosse la gola
di un cane. Aveva il cuore della bestia oltre che il pelo.
Da un pezzo per queste boscaglie non si vedeva un lupo
simile o piú grosso.

SECONDO CACCIATORE   Io ci penso, al suo nome. Ero ancora ragazzo e già dicevano di lui. Raccontavano cose incredibili di quando fu uomo – che tentò di scannare il
Signore dei monti. Certo il suo pelo era colore della neve
scarpicciata – era vecchio, un fantasma – e aveva gli occhi come sangue.

PRIMO CACCIATORE   Ora è fatta. Bisogna scuoiarlo e tornare in pianura. Pensa alla festa che ci attende.

SECONDO CACCIATORE   Ci muoveremo sotto l'alba. Che
altro vuoi fare che scaldarci a questa legna? La guardia
al cadavere la faranno i molossi.

PRIMO CACCIATORE   Non è un cadavere, è soltanto una
carcassa. Ma dobbiamo scuoiarlo, altrimenti ci diventa
piú duro di un sasso.

SECONDO CACCIATORE   Mi domando se, presa la pelle, si
dovrà sotterrarlo. Una volta era un uomo. Il suo sangue
ferino l'ha sparso nel fango. E resterà quel mucchio nu-
do di ossa e carne come di un vecchio o di un bambino.

PRIMO CACCIATORE   Che fosse vecchio non hai torto. Era
già lupo quando ancora le montagne eran deserte. S'era

fatto piú vecchio dei tronchi canuti e muffiti. Chi si ricorda ch'ebbe un nome e fu qualcuno? Se vogliamo essere schietti, avrebbe dovuto esser morto da un pezzo.

SECONDO CACCIATORE   Ma il suo corpo restare insepolto...
Fu Licaone, un cacciatore come noi.

PRIMO CACCIATORE   A ciascuno di noi può toccare la morte sui monti, e nessuno trovarci mai piú se non la pioggia o l'avvoltoio. Se fu davvero un cacciatore, è morto male.

SECONDO CACCIATORE   Si è difeso da vecchio, con gli occhi. Ma tu in fondo non credi che sia stato tuo simile. Non credi al suo nome. Se lo credessi, non vorresti insultarne il cadavere perché sapresti che anche lui spregiava i morti, anche lui visse torvo e inumano – non per altro il Signore dei monti ne fece una belva.

PRIMO CACCIATORE   Si racconta di lui che cuoceva i suoi simili.

SECONDO CACCIATORE   Conosco uomini che han fatto molto meno, e sono lupi – non gli manca che l'urlo e rintanarsi nei boschi. Sei cosí certo di te stesso da non sentirti qualche volta Licaone come lui? Tutti noialtri abbiamo giorni che, se un dio ci toccasse, urleremmo e saremmo alla gola di chi ci resiste. Che cos'è che ci salva se non che al risveglio ci ritroviamo queste mani e questa bocca e questa voce? Ma lui non ebbe scappatoie – lasciò per sempre gli occhi umani e le case. Ora almeno ch'è morto, dovrebbe avere pace.

PRIMO CACCIATORE   Io non credo che avesse bisogno di pace. Chi piú in pace di lui, quando poteva accovacciarsi sulle rupi e ululare alla luna? Sono vissuto abbastanza nei boschi per sapere che i tronchi e le belve non temono nulla di sacro, e non guardano al cielo che per stormire o sbadigliare. C'è anzi qualcosa che li uguaglia ai signori del cielo: quantunque facciano, non han rimorsi.

SECONDO CACCIATORE   A sentirti parrebbe che quello del lupo sia un alto destino.

PRIMO CACCIATORE   Non so se alto o basso, ma hai mai sentito di una bestia o di una pianta che si facesse essere umano? Invece questi luoghi sono pieni di uomini e donne toccati dal dio – chi divenne cespuglio, chi uccello, chi lupo. E per empio che fosse, per delitti che avesse commesso, guadagnò che non ebbe piú le mani rosse, sfuggí al rimorso e alla speranza, si scordò di essere uomo. Provan altro gli dèi?

SECONDO CACCIATORE Un castigo è un castigo, e chi l'infligge almeno in questo ha compassione, che toglie all'empio l'incertezza, e del rimorso fa destino. Se anche la bestia si è scordata del passato e vive solo per la preda e la morte, resta il suo nome, resta quello che fu. C'è l'antica Callisto sepolta sul colle. Chi sa piú il suo delitto? I signori del cielo l'hanno molto punita. Di una donna – era bella, si dice – fare un'orsa che rugge e che lacrima, che nella notte per paura vuol tornare nelle case. Ecco una belva che non ebbe pace. Venne il figlio e l'uccise di lancia, e gli dèi non si mossero. C'è anche chi dice che, pentiti, ne fecero un groppo di stelle. Ma rimase il cadavere e questo è sepolto.

PRIMO CACCIATORE Che vuoi dire? Conosco le storie. E che Callisto non sapesse rassegnarsi, non è colpa degli dèi. È come chi va malinconico a un banchetto o s'ubriaca a un funerale. S'io fossi lupo, sarei lupo anche nel sonno.

SECONDO CACCIATORE Non conosci la strada del sangue. Gli dèi non ti aggiungono né tolgono nulla. Solamente, d'un tocco leggero, t'inchiodano dove sei giunto. Quel che prima era voglia, era scelta, ti si scopre destino. Questo vuol dire, farsi lupo. Ma resti quello che è fuggito dalle case, resti l'antico Licaone.

PRIMO CACCIATORE Vuoi dunque dire che, azzannato dai molossi, Licaone patí come un uomo cui si desse la caccia coi cani?

SECONDO CACCIATORE Era vecchio, sfinito; tu stesso consenti che non seppe difendersi. Mentre moriva senza voce sulle pietre, io pensavo a quei vecchi pezzenti che si fermano a volte davanti ai cortili, e i cani si strozzano alla catena per morderli. Anche questo succede, nelle case laggiú. Diciamo pure che è vissuto come un lupo. Ma, morendo e vedendoci, capí di esser uomo. Ce lo disse con gli occhi.

PRIMO CACCIATORE Amico, e credi che gl'importi di marcire sottoterra come un uomo, lui che l'ultima cosa che ha visto eran uomini in caccia?

SECONDO CACCIATORE C'è una pace di là dalla morte. Una sorte comune. Importa ai vivi, importa al lupo che è in noi tutti. Ci è toccato di ucciderlo. Seguiamo almeno l'usanza, e lasciamo l'ingiuria agli dèi. Torneremo alle case con le mani pulite.

L'ospite

La Frigia e la Lidia furon sempre paesi di cui i Greci amarono raccontare atrocità. Beninteso, era tutto accaduto a casa loro, ma in tempi piú antichi.

Inutile dire chi perse la gara della mietitura.

(*Parlano Litierse e Eracle*).

LITIERSE   Ecco il campo, straniero. Anche noi siamo ospi-
tali come voialtri a casa vostra. Di qua non ti è possibile
scampare, e come hai mangiato e bevuto con noi, la nostra terra si berrà il tuo sangue. Quest'altr'anno il Meandro vedrà un grano fitto e spesso piú di questo.

ERACLE   Molti ne avete uccisi in passato sul campo?

LITIERSE   Abbastanza. Ma nessuno che avesse la tua forza o bastasse da solo. E sei rosso di pelo, hai le pupille
come fiori – darai vigore a questa terra.

ERACLE   Chi vi ha insegnato quest'usanza?

LITIERSE   Si è sempre fatto. Se non nutri la terra, come
puoi chiederle che nutra te?

ERACLE   Già quest'anno il tuo grano mi sembra in rigo-
glio. Giunge alla spalla di chi miete. Chi avevate scannato?

LITIERSE   Non ci venne nessun forestiero. Uccidemmo un
vecchio servo e un caprone. Fu un sangue molle che la
terra sentí appena. Vedi la spiga, com'è vana. Il corpo
che noi laceriamo deve prima sudare, schiumare nel sole. Per questo ti faremo mietere, portare i covoni, gron-
dare fatica, e soltanto alla fine, quando il tuo sangue fer-
verà vivo e schietto, sarà il momento di aprirti la gola.
Tu sei giovane e forte.

ERACLE   I vostri dèi che cosa dicono?

LITIERSE   Non c'è dèi sopra il campo. C'è soltanto la terra, la Madre, la Grotta, che attende sempre e si riscuote
soltanto sotto il fiotto di sangue. Questa sera, straniero,
sarai tu stesso nella grotta.

ERACLE   Voialtri Frigi non scendete nella grotta?

LITIERSE   Noi ne usciamo nascendo, e non c'è fretta di
tornarci.

ERACLE   Ho capito. E cosí l'escremento del sangue è necessario ai vostri dèi.

LITIERSE   Non dèi ma la terra, straniero. Voi non vivete
su una terra?

ERACLE   I nostri dèi non sono in terra, ma reggono il mare e la terra, la selva e la nuvola, come il pastore tiene il
gregge e il padrone comanda ai suoi servi. Se ne stanno
appartati, sul monte, come i pensieri dentro gli occhi di
chi parla o come le nuvole in cielo. Non hanno bisogno
di sangue.

LITIERSE   Non ti capisco, ospite straniero. La nuvola la
rupe la grotta hanno per noi lo stesso nome e non si ap-
partano. Il sangue che la Madre ci ha dato glielo ren-
diamo in sudore, in escremento, in morte. È proprio vero che tu vieni di lontano. Quei vostri dèi non sono
nulla.

ERACLE   Sono una stirpe d'immortali. Hanno vinto la selva, la terra e i suoi mostri. Hanno cacciato nella grotta
tutti quelli come te che spargevano il sangue per nutrire
la terra.

LITIERSE   Oh vedi, i tuoi dèi sanno quel che si fanno. Anche loro han dovuto saziare la terra. E del resto tu sei
troppo robusto per essere nato da una terra non sazia.

ERACLE   Su dunque, Litierse, si miete?

LITIERSE   Ospite, sei strano. Mai nessuno sinora ha detto
questo davanti al campo. Non la temi la morte sul covo-
ne? Speri forse di fuggire tra i solchi come una quaglia
o uno scoiattolo?

ERACLE   Se ho ben capito, non è morte ma ritorno alla Madre e come un dono ospitale. Tutti questi villani che s'af-
faticano sul campo, saluteranno con preghiere e con canti chi darà il sangue per loro. È un grande onore.

LITIERSE   Ospite, grazie. Ti assicuro che il servo che abbiamo scannato l'altr'anno non diceva cosí. Era vecchio
e sfinito eppure si dovette legarlo con ritorte di scorza e
a lungo si dibatté sotto le falci, tanto che prima di cadere s'era già tutto dissanguato.

ERACLE   Questa volta, Litierse, andrà meglio. E dimmi,
ucciso l'infelice, che ne fate?

LITIERSE   Lo si lacera ancor semivivo, e i brani li spargia-
mo nei campi a toccare la Madre. Conserviamo la testa
sanguinosa avvolgendola in spighe e fiori, e tra canti e al-
legrie la gettiamo nel Meandro. Perché la Madre non è
terra soltanto ma, come ti ho detto, anche nuvola e acqua.

ERACLE   Sai molte cose, tu Litierse, non per nulla sei signore dei campi in Celene. E a Pessino, dimmi, ne uccidono molti?

LITIERSE   Dappertutto, straniero, si uccide sotto il sole.
Il nostro grano non germoglia che da zolle toccate. La
terra è viva, e deve pure esser nutrita.

ERACLE   Ma perché chi uccidete dev'essere straniero? La
terra, la grotta che vi ha fatti, dovrà pur preferire di ri-
prendersi i succhi che più le somigliano. Anche tu, quando mangi, non preferisci il pane e il vino del tuo campo?

LITIERSE   Tu mi piaci, straniero, ti prendi a cuore il nostro bene come se fossi figlio nostro. Ma rifletti un momento perché duriamo la fatica e l'affanno di questi lavori. Per vivere, no? E dunque è giusto che noi restiamo
in vita a goderci la messe, e che muoiano gli altri. Tu non
sei contadino.

ERACLE   Ma non sarebbe anche più giusto trovare il modo di por fine alle uccisioni e che tutti, stranieri e paesa-
ni, mangiassero il grano? Uccidere un'ultima volta chi
da solo fecondasse per sempre la terra e le nubi e la forza del sole su questa piana?

LITIERSE   Tu non sei contadino, lo vedo. Non sai nemmeno che la terra ricomincia a ogni solstizio e che il giro
dell'anno esaurisce ogni cosa.

ERACLE   Ma ci sarà su questa piana chi si è nutrito, risalendo i suoi padri, di tutti i succhi delle stagioni, chi è
tanto ricco e tanto forte e di sangue così generoso, da
bastare una volta per tutte a rifare la terra delle stagioni
passate?

LITIERSE   Tu mi fai ridere, straniero. Sembra quasi che
parli di me. Sono il solo in Celene che, attraverso i miei
padri, sono sempre vissuto quaggiù. Sono il signore, e
tu lo sai.

ERACLE   Parlo infatti di te. Mieteremo, Litierse. Sono venuto dalla Grecia per quest'opera di sangue. Mieteremo.
E stasera rientrerai nella grotta.

LITIERSE   Vuoi uccidere me, sul mio campo?

ERACLE   Voglio combattere con te fino a morte.

LITIERSE   Sai almeno menarla la falce, straniero?

ERACLE   Stai tranquillo, Litierse. Fatti sotto.

LITIERSE   Certo, le braccia le hai robuste.

ERACLE   Fatti sotto.

I fuochi

Anche i Greci praticarono sacrifici umani. Ogni civiltà contadina ha fatto questo. E tutte le civiltà sono state contadine.

(*Parlano due pastori*).

FIGLIO   Tutta la montagna brucia.

PADRE   Si fa tanto per fare. Certo stanotte il Citerone è un'altra cosa. Quest'anno pascoliamo troppo in alto. Hai raccolto le bestie?

FIGLIO   Il nostro falò non lo vede nessuno.

PADRE   Noi lo facciamo, non importa.

FIGLIO   Ci sono piú fuochi che stelle.

PADRE   Metti la brace.

FIGLIO   È fatto.

PADRE   O Zeus, accogli quest'offerta di latte e miele dolce; noi siamo poveri pastori e del gregge non nostro non possiamo disporre. Questo fuoco che brucia allontani i malanni e, come si copre di spire di fumo, ci copra di nubi... Bagna e spruzza, ragazzo. Basta che uccidano il vitello nelle grosse masserie. Se piove, piove dappertutto.

FIGLIO   Padre, laggiú son fuochi o stelle?

PADRE   Non guardare di là. Devi spruzzare verso il mare. Le piogge salgono dal mare.

FIGLIO   Padre, la pioggia va lontano? Piove davvero dappertutto quando piove? Anche a Tespie? Anche a Tebe? Lassú il mare non l'hanno.

PADRE   Ma hanno i pascoli, sciocco. Han bisogno di pozzi. Anche loro stanotte hanno acceso i falò.

FIGLIO   Ma dopo Tespie? Piú lontano? Dove la gente che cammina giorno e notte è sempre in mezzo alle montagne? A me hanno detto che lassú non piove mai.

PADRE   Dappertutto stanotte ci sono i falò.

FIGLIO   Perché adesso non piove? I falò li hanno accesi.

PADRE   È la festa, ragazzo. Se piovesse li spegnerebbe. A chi conviene? Pioverà domani.

FIGLIO   E sui falò mentre ancora bruciavano non è mai piovuto?

PADRE   Chi lo sa? Tu non eri ancor nato e io nemmeno, e

già accendevano i falò. Sempre stanotte. Si dice che una
volta è piovuto, sul falò.

FIGLIO   Sí?

PADRE   Ma è stato quando l'uomo viveva piú giusto che
adesso, e anche i figli del re eran pastori. Tutta questa
terra era come l'aia, allora, pulita e battuta, e ubbidiva
al re Atamante. Si lavorava e si viveva e non c'era bisogno di nascondere i capretti al padrone. Dicono che venne una tremenda canicola e cosí i pascoli e i pozzi secca-
rono e la gente moriva. I falò non servivano a niente.
Allora Atamante chiese consiglio. Ma era vecchio e aveva in casa da poco una sposa, giovane che comandava, e
cominciò a empirgli la testa che non era il momento di
mostrarsi molle, di perdere il credito. Avevano pregato
e spruzzato? Sí. Avevano ucciso il vitello e il toro, molti
tori? Sí. Che cos'era seguito? Niente. Dunque offrissero
i figli. Capisci? Ma non mica i suoi di lei, che non li aveva: figurarsi; i due figli già grandi della prima moglie,
due ragazzi che lavoravano in campagna tutto il giorno.
E Atamante, balordo, si decise: li manda a chiamare.
Quelli capiscono, si sa, i figli del re non sono scemi, e
allora gambe. E con loro sparirono le prime nuvole, che
appena saputa una cosa simile un dio aveva mandato sulla campagna. E subito quella strega a dire: «Vedete?
l'idea era giusta, le nuvole già c'erano; qui bisogna scannare qualcuno». E tanto fa che la gente decide di pigliar-
si Atamante e bruciarlo. Preparano il fuoco, lo accendono; conducono Atamante legato e infiorato come il
bue, e quando stanno per buttarlo nel falò il tempo si
guasta. Tuona, lampeggia e viene giú un'acqua da dio.
La campagna rinasce. L'acqua spegne il falò e Atamante,
buon uomo, perdona tutti, anche la moglie. Stai attento,
ragazzo, alle donne. È piú facile conoscere la serpe dal
serpe.

FIGLIO   E i figlioli del re?

PADRE   Non se n'è piú saputo niente. Ma due ragazzi come quelli avran trovato da far bene.

FIGLIO   E se a quel tempo erano giusti, perché volevano
bruciare due ragazzi?

PADRE   Scemo, non sai cos'è canicola. Io ne ho viste e tuo
nonno ne ha viste. Non è niente l'inverno. L'inverno si
pena ma si sa che fa bene ai raccolti. La canicola no. La
canicola brucia. Tutto muore, e la fame e la sete ti cam-

biano un uomo. Prendi uno che non abbia mangiato: è
attaccabriga. E tu pensa quella gente che andavano tutti
d'accordo e ognuno aveva la sua terra, abituati a far bene
e a star bene. Si asciugano i pozzi, si bruciano i grani,
hanno fame e hanno sete. Ma diventano bestie feroci.

FIGLIO   Era gente cattiva.

PADRE   Non piú cattiva di noialtri. La nostra canicola sono i padroni. E non c'è pioggia che ci possa liberare.

FIGLIO   Non mi piacciono piú questi fuochi. Perché gli dèi
ne hanno bisogno? È vero che una volta ci bruciavano
sempre qualcuno?

PADRE   Andavan piano. Ci bruciavano zoppi, fannulloni e
insensati. Ci bruciavano chi non serviva. Chi rubava sui
campi. Tanto gli dèi se ne accontentano. Bene o male,
pioveva.

FIGLIO   Non capisco che gusto gli dèi ci trovassero. Se pioveva lo stesso. Anche Atamante. Han spento il rogo.

PADRE   Vedi, gli dèi sono i padroni. Sono come i padroni.
Vuoi che vedessero bruciare uno di loro? Tra loro si aiu-
tano. Noi invece nessuno ci aiuta. Faccia pioggia o sereno, che cosa gl'importa agli dèi? Adesso s'accendono i
fuochi, e si dice che fa piovere. Che cosa gliene importa
ai padroni? Li hai mai visti venire sul campo?

FIGLIO   Io no.

PADRE   E dunque. Se una volta bastava un falò per far piovere, bruciarci sopra un vagabondo per salvare un raccolto, quante case di padroni bisogna incendiare, quanti
ammazzarne per le strade e per le piazze, prima che il
mondo torni giusto e noi si possa dir la nostra?

FIGLIO   E gli dèi?

PADRE   Cosa c'entrano?

FIGLIO   Non hai detto che dèi e padroni si tengono mano?
Sono loro i padroni.

PADRE   Scanneremo un capretto. Che farci? Ammazzere-
mo i vagabondi e chi ci ruba. Bruceremo un falò.

FIGLIO   Vorrei che fosse già mattino. A me gli dèi fanno
paura.

PADRE   E fai bene. Gli dèi vanno tenuti dalla nostra. Alla
tua età è una brutta cosa non pensarci.

FIGLIO   Io non voglio pensarci. Sono ingiusti, gli dèi. Che
bisogno hanno che si bruci gente viva?

PADRE   Se non fosse cosí, non sarebbero dèi. Chi non lavora come vuoi che passi il tempo? Quando non c'erano

i padroni e si viveva con giustizia, bisognava ammazzare ogni tanto qualcuno per farli godere. Sono fatti cosí. Ma ai nostri tempi non ne han piú bisogno. Siamo in tanti a star male, che gli basta guardarci.

FIGLIO   Vagabondi anche loro.

PADRE   Vagabondi. Ne hai detta una giusta.

FIGLIO   Cosa dicevano bruciando sul falò, i ragazzi storpi? Gridavano molto?

PADRE   Non è tanto il gridare. È chi grida, che conta. Un storpio o un cattivo non fanno niente di bene. Ma è un po' peggio quando un uomo che ha dei figli vede ingrassare i fannulloni. Questo è ingiusto.

FIGLIO   Io non posso star fermo pensando ai falò d'una volta. Guarda laggiú quanti ne accendono.

PADRE   Non bruciavano mica un ragazzo per ogni fuoco. È come adesso col capretto. Figurarsi. Se uno fa piovere, piove per tutti. Bastava un uomo per montagna, per paese.

FIGLIO   Io non voglio, capisci, non voglio. Fanno bene i padroni a mangiarci il midollo, se siamo stati cosí ingiusti tra noialtri. Fanno bene gli dèi a guardarci patire. Siamo tutti cattivi.

PADRE   Bagna le frasche adesso e spruzza. Sei ancora ignorante. Proprio tu sai parlare di giusto e d'ingiusto. Verso il mare, zuccone... O Zeus, accogli quest'offerta...

L'isola

Tutti sanno che Odisseo naufrago, sulla via del ritorno, restò nove anni sull'isola Ogigia, dove non c'era che Calipso, antica dea.

(*Parlano Calipso e Odisseo*).

CALIPSO   Odisseo, non c'è nulla di molto diverso. Anche tu come me vuoi fermarti su un'isola. Hai veduto e patito ogni cosa. Io forse un giorno ti dirò quel che ho patito. Tutti e due siamo stanchi di un grosso destino. Perché continuare? Che t'importa che l'isola non sia quella che cercavi? Qui mai nulla succede. C'è un po' di terra e un orizzonte. Qui puoi vivere sempre.

ODISSEO   Una vita immortale.

CALIPSO   Immortale è chi accetta l'istante. Chi non conosce piú un domani. Ma se ti piace la parola, dilla. Tu sei davvero a questo punto?

ODISSEO   Io credevo immortale chi non teme la morte.

CALIPSO   Chi non spera di vivere. Certo, quasi lo sei. Hai patito molto anche tu. Ma perché questa smania di tornartene a casa? Sei ancora inquieto. Perché i discorsi che da solo vai facendo tra gli scogli?

ODISSEO   Se domani io partissi tu saresti infelice?

CALIPSO   Vuoi saper troppo, caro. Diciamo che sono immortale. Ma se tu non rinunci ai tuoi ricordi e ai sogni, se non deponi la smania e non accetti l'orizzonte, non uscirai da quel destino che conosci.

ODISSEO   Si tratta sempre di accettare un orizzonte. E ottenere che cosa?

CALIPSO   Ma posare la testa e tacere, Odisseo. Ti sei mai chiesto perché anche noi cerchiamo il sonno? Ti sei mai chiesto dove vanno i vecchi dèi che il mondo ignora? perché sprofondano nel tempo, come le pietre nella terra, loro che pure sono eterni? E chi son io, chi è Calipso?

ODISSEO   Ti ho chiesto se tu sei felice.

CALIPSO   Non è questo, Odisseo. L'aria, anche l'aria di quest'isola deserta, che adesso vibra solamente dei rimbombi del mare e di stridi d'uccelli, è troppo vuota. In questo vuoto non c'è nulla da rimpiangere, bada. Ma non senti anche tu certi giorni un silenzio, un arresto, che è come la traccia di un'antica tensione e presenza scomparse?

ODISSEO   Dunque anche tu parli agli scogli?

CALIPSO   È un silenzio, ti dico. Una cosa remota e quasi morta. Quello che è stato e non sarà mai piú. Nel vecchio mondo degli dèi quando un mio gesto era destino. Ebbi nomi paurosi, Odisseo. La terra e il mare mi obbedivano. Poi mi stancai; passò del tempo, non mi volli piú muovere. Qualcuna di noi resisté ai nuovi dèi; lasciai che i nomi sprofondassero nel tempo; tutto mutò e rimase uguale; non valeva la pena di contendere ai nuovi il destino. Ormai sapevo il mio orizzonte e perché i vecchi non avevano conteso con noialtri.

ODISSEO   Ma non eri immortale?

CALIPSO   E lo sono, Odisseo. Di morire non spero. E non spero di vivere. Accetto l'istante. Voi mortali vi attende qualcosa di simile, la vecchiezza e il rimpianto. Perché non vuoi posare il capo come me, su quest'isola?

ODISSEO   Lo farei, se credessi che sei rassegnata. Ma anche tu che sei stata signora di tutte le cose, hai bisogno di me, di un mortale, per aiutarti a sopportare.

CALIPSO   È un reciproco bene, Odisseo. Non c'è vero silenzio se non condiviso.

ODISSEO   Non ti basta che sono con te quest'oggi?

CALIPSO   Non sei con me, Odisseo. Tu non accetti l'orizzonte di quest'isola. E non sfuggi al rimpianto.

ODISSEO   Quel che rimpiango è parte viva di me stesso come di te il tuo silenzio. Che cosa è mutato per te da quel giorno che terra e mare ti obbedivano? Hai sentito ch'eri sola e ch'eri stanca e scordato i tuoi nomi. Nulla ti è stato tolto. Quel che sei l'hai voluto.

CALIPSO   Quello che sono è quasi nulla, caro. Quasi mortale, quasi un'ombra come te. È un lungo sonno cominciato chi sa quando e tu sei giunto in questo sonno come un sogno. Temo l'alba, il risveglio; se tu vai via, è il risveglio.

ODISSEO   Sei tu, la signora, che parli?

CALIPSO   Temo il risveglio, come tu temi la morte. Ecco, prima ero morta, ora lo so. Non restava di me su quest'isola che la voce del mare e del vento. Oh non era un pa-

tire. Dormivo. Ma da quando sei giunto hai portato u-
n'altr'isola in te.

ODISSEO   Da troppo tempo la cerco. Tu non sai quel che
sia avvistare una terra e socchiudere gli occhi ogni volta
per illudersi. Io non posso accettare e tacere.

CALIPSO   Eppure, Odisseo, voi uomini dite che ritrovare
quel che si è perduto è sempre un male. Il passato non
torna. Nulla regge all'andare del tempo. Tu che hai visto
l'Oceano, i mostri e l'Eliso, potrai ancora riconoscere le
case, le tue case?

ODISSEO   Tu stessa hai detto che porto l'isola in me.

CALIPSO   Oh mutata, perduta, un silenzio. L'eco di un
mare tra gli scogli o un po' di fumo. Con te nessuno potrà condividerla. Le case saranno come il viso di un vecchio. Le tue parole avranno un senso altro dal loro. Sarai
piú solo che nel mare.

ODISSEO   Saprò almeno che devo fermarmi.

CALIPSO   Non vale la pena, Odisseo. Chi non si ferma a-
desso, subito, non si ferma mai piú. Quello che fai, lo farai sempre. Devi rompere una volta il destino, devi uscire di strada, e lasciarti affondare nel tempo...

ODISSEO   Non sono immortale.

CALIPSO   Lo sarai, se mi ascolti. Che cos'è vita eterna se
non questo accettare l'istante che viene e l'istante che
va? L'ebbrezza, il piacere, la morte non hanno altro scopo. Cos'è stato finora il tuo errare inquieto?

ODISSEO   Se lo sapessi avrei già smesso. Ma tu dimentichi
qualcosa.

CALIPSO   Dimmi.

ODISSEO   Quello che cerco l'ho nel cuore, come te.

Il lago

Ippolito, cacciatore vergine di Trezene, morí di mala morte per dispetto di Afrodite. Ma Diana, resuscitatolo, lo trafugò in Italia (l'Esperia) sui monti Albani dove lo adibí al suo culto, chiamandolo Virbio. Virbio ebbe figli dalla ninfa Aricia.

Per gli antichi l'Occidente – si pensi all'*Odissea* – era il paese dei morti.

(*Parlano Virbio e Diana*).

VIRBIO   Ti dirò che venendoci mi piacque. Questo lago mi parve il mare antico. E fui lieto di viver la tua vita, di esser morto per tutti, di servirti nel bosco e sui monti. Qui le belve, le vette, i villani non san nulla, non conoscono che te. È un paese senza cose passate, un paese dei morti.

DIANA   Ippolito...

VIRBIO   Ippolito è morto, tu mi hai chiamato Virbio.

DIANA   Ippolito, nemmeno morendo voi mortali scordate la vita?

VIRBIO   Senti. Per tutti sono morto e ti servo. Quando tu mi hai strappato all'Ade e ridato alla luce, non chiedevo che di muovermi, respirare e venerarti. Mi hai posto qui dove terra e cielo risplendono, dove tutto è sapido e vigoroso, tutto è nuovo. Anche la notte qui è giovane e fonda, piú che in patria. Qui il tempo non passa. Non si fanno ricordi. E tu sola regni qui.

DIANA   Sei tutto intriso di ricordi, Ippolito. Ma voglio ammettere un istante che questa sia terra di morti: che altro si fa nell'Ade se non riandare il passato?

VIRBIO   Ippolito è morto, ti dico. E questo lago che somiglia al cielo non sa nulla d'Ippolito. Se io non ci fossi, questa terra sarebbe ugualmente com'è. Pare un paese immaginato, veduto di là dalle nubi. Una volta – ero ancora ragazzo – pensai che dietro i monti di casa, lontano, dove il sole calava – bastava andare, andare sempre – sarei giunto al paese infantile del mattino, della caccia, del gioco perenne. Uno schiavo mi disse: «Bada a quel che desideri, piccolo. Gli dèi lo concedono sempre». Era questo. Non sapevo di volere la morte.

DIANA   Questo è un altro ricordo. Di che cosa ti lagni?

VIRBIO   O selvaggia, non so. Sembra ieri che aprii gli occhi quaggiú. So che è passato tanto tempo, e questi monti, quest'acqua, questi alberi grandi sono immobili e muti. Chi è Virbio? Sono altra cosa da un ragazzo che ogni mattina si ridesta e torna al gioco come se il tempo non passasse?

DIANA   Tu sei Ippolito, il ragazzo che morí per seguirmi. E ora vivi oltre il tempo. Non hai bisogno di ricordi. Con me si vive alla giornata, come la lepre, come il cervo, come il lupo. E si fugge, s'insegue sempre. Questa non è terra di morti, ma il vivo crepuscolo di un mattino perenne. Non hai bisogno di ricordi, perché questa vita l'hai sempre saputa.

VIRBIO   Eppure il sito qui è davvero piú vivo che in patria. C'è in tutte le cose e nel sole una luce radiosa come venisse dall'interno, un vigore che si direbbe non ancora intaccato dai giorni. Che cos'è per voi dèi questa terra d'Esperia?

DIANA   Non diversa dalle altre sotto il cielo. Noi non viviamo di passato o d'avvenire. Ogni giorno è per noi come il primo. Quel che a te pare un gran silenzio è il nostro cielo.

VIRBIO   Pure ho vissuto in luoghi che ti sono piú cari. Ho cacciato sul Dídimo, corse le spiagge di Trezene, paesi poveri e selvaggi come me. Ma in questo inumano silenzio, in questa vita oltre la vita non avevo mai tratto il respiro. Cos'è che la fa solitudine?

DIANA   Ragazzo che sei. Un paese dove l'uomo non era mai stato, sarà sempre una terra dei morti. Dal tuo mare e dalle isole ne verranno degli altri, e crederanno di varcare l'Ade. E ci sono altre terre piú remote...

VIRBIO   Altri laghi, altri mattini come questi. L'acqua è piú azzurra delle prúgnole tra il verde. Mi par di essere un'ombra tra le ombre degli alberi. Piú mi scaldo a questo sole e mi nutro a questa terra, piú mi pare di sciogliermi in stille e brusii, nella voce del lago, nei ringhi del bosco. C'è qualcosa di remoto dietro ai tronchi, nei sassi, nel mio stesso sudore.

DIANA   Queste sono le smanie di quand'eri ragazzo.

VIRBIO   Non sono piú un ragazzo. Conosco te e vengo dall'Ade. La mia terra è lontana come le nuvole lassú. Ecco, passo fra i tronchi e le cose come fossi una nuvola.

DIANA   Tu sei felice, Ippolito. Se all'uomo è dato esser felice, tu lo sei.

VIRBIO   È felice il ragazzo che fui, quello che è morto. Tu l'hai salvato, e ti ringrazio. Ma il rinato, il tuo servo, il

fuggiasco che guarda la quercia e i tuoi boschi, quello
non è felice, perché nemmeno sa se esiste. Chi gli rispon-
de? chi gli parla? l'oggi aggiunge qualcosa al suo ieri?

DIANA   Dunque, Virbio, è tutto qui? Vuoi compagnia?

VIRBIO   Tu lo sai ciò che voglio.

DIANA   I mortali finiscono sempre per chiedere questo.
Ma che avete nel sangue?

VIRBIO   Tu chiedi a me che cosa è il sangue?

DIANA   C'è un divino sapore nel sangue versato. Quante
volte ti ho visto rovesciare il capriolo o la lupa, e tagliar-
gli la gola e tuffarci le mani. Mi piacevi per questo. Ma
l'altro sangue, il sangue vostro, quel che vi gonfia le ve-
ne e accende gli occhi, non lo conosco cosí bene. So che
è per voi vita e destino.

VIRBIO   Già una volta l'ho sparso. E sentirlo inquieto e
smarrito quest'oggi, mi dà la prova che son vivo. Né il vigore delle piante né la luce del lago mi bastano. Queste
cose son come le nuvole, erranti eterne del mattino e della sera, guardiane degli orizzonti, le figure dell'Ade. Solamente altro sangue può calmare il mio. E che scorra inquieto, e poi sazio.

DIANA   A pigliarti in parola, tu vorresti sgozzare.

VIRBIO   Non hai torto, selvaggia. Prima, quando ero Ippolito, sgozzavo le belve. Mi bastava. Ora qui, in questa
terra dei morti, anche le belve mi dileguano tra mano
come nubi. La colpa è mia, credo. Ma ho bisogno di
stringere a me un sangue caldo e fraterno. Ho bisogno
di avere una voce e un destino. O selvaggia, concedimi
questo.

DIANA   Pensaci bene, Virbio-Ippolito. Tu sei stato felice.

VIRBIO   Non importa, signora. Troppe volte mi sono spec-
chiato nel lago. Chiedo di vivere, non di essere felice.

Le streghe

Odisseo giunse da Circe, avvertito del pericolo e immunizzato magicamente contro gli incanti. Di qui, l'inutilità del colpo di bacchetta della maga. Ma la maga – antica dea mediterranea scaduta di rango – sapeva da tempo che nel suo destino sarebbe entrato un Odisseo. Di ciò Omero non ha tenuto quel conto che si vorrebbe.

(*Parlano Circe e Leucotea*).

CIRCE   Credimi, Leucò, lí per lí non capii. Succede a volte di sbagliare la formula, succede un'amnesia. Eppure l'avevo toccato. La verità è che l'aspettavo da tanto tempo che non ci pensavo piú. Appena capii tutto – lui aveva fatto un balzo e messo mano alla spada – mi venne da sorridere – tanta fu la contentezza e insieme la delusione. Pensai perfino di poterne fare a meno, di sfuggire alla sorte. «Dopotutto è Odisseo» pensai, «uno che vuol tornare a casa». Pensavo già d'imbarcarlo. Cara Leucò. Lui dimenava quella spada – ridicolo e bravo come solo un uomo sa essere – e io dovevo sorridere e squadrarlo come faccio con loro, e stupirmi e scostarmi. Mi sentivo come una ragazza, come quando eravamo ragazze e ci dicevano che cosa avremmo fatto da grandi e noi giú a ridere. Tutto si svolse come un ballo. Lui mi prese per i polsi, alzò la voce, io divenni di tutti i colori – però ero pallida, Leucò – gli abbracciai le ginocchia e cominciai la mia battuta: «Chi sei tu? da quale terra generato...» Poveretto, pensavo, lui non sa quel che gli tocca. Era grande, ricciuto, un bell'uomo, Leucò. Che stupendo maiale, che lupo, avrebbe fatto.

LEUCOTEA   Ma queste cose gliele hai dette, nell'anno che ha passato con te?

CIRCE   Oh ragazza, non parlare delle cose del destino con un uomo. Loro credono di aver detto tutto quando l'hanno chiamato la catena di ferro, il decreto fatale. Noi ci chiamano le signore fatali, lo sai.

LEUCOTEA   Non sanno sorridere.

CIRCE   Sí. Qualcuno di loro sa ridere davanti al destino, sa ridere dopo, ma durante bisogna che faccia sul serio o che muoia. Non sanno scherzare sulle cose divine, non sanno sentirsi recitare come noi. La loro vita è cosí breve che non possono accettare di far cose già fatte o sapute. Anche lui, l'Odisseo, il coraggioso, se gli dicevo una parola in questo senso, smetteva di capirmi e pensava a Penelope.

LEUCOTEA   Che noia.

CIRCE   Sí ma vedi, io lo capisco. Con Penelope non doveva sorridere, con lei tutto, anche il pasto quotidiano, era serio e inedito – potevano prepararsi alla morte. Tu non sai quanto la morte li attiri. Morire è sí un destino per loro, una ripetizione, una cosa saputa, ma s'illudono che cambi qualcosa.

LEUCOTEA   Perché allora non volle diventare un maiale?

CIRCE   Ah Leucò, non volle nemmeno diventare un dio, e sai quanto Calipso lo pregasse, quella sciocca. Odisseo era cosí, né maiale né dio, un uomo solo, estremamente intelligente, e bravo davanti al destino.

LEUCOTEA   Dimmi, cara, ti è molto piaciuto con lui?

CIRCE   Penso una cosa, Leucò. Nessuna di noi dee ha mai voluto farsi mortale, nessuna l'ha mai desiderato. Eppure qui sarebbe il nuovo, che spezzerebbe la catena.

LEUCOTEA   Tu vorresti?

CIRCE   Che dici, Leucò... Odisseo non capiva perché sorridevo. Non capiva sovente nemmeno che sorridevo. Una volta credetti di avergli spiegato perché la bestia è piú vicina a noialtri immortali che non l'uomo intelligente e coraggioso. La bestia che mangia, che monta, e non ha memoria. Lui mi rispose che in patria lo attendeva un cane, un povero cane che forse era morto, e mi disse il suo nome. Capisci, Leucò, quel cane aveva un nome.

LEUCOTEA   Anche a noialtre dànno un nome, gli uomini.

CIRCE   Molti nomi mi diede Odisseo stando sul mio letto. Ogni volta era un nome. Dapprincipio fu come il grido della bestia, di un maiale o del lupo, ma lui stesso a poco a poco si accorse ch'eran sillabe di una sola parola. Mi ha chiamata coi nomi di tutte le dee, delle nostre sorelle, coi nomi della madre, delle cose della vita. Era come una lotta con me, con la sorte. Voleva chiamarmi, tenermi, farmi mortale. Voleva spezzare qualcosa. Intelligenza e coraggio ci mise – ne aveva – ma non seppe sorridere mai. Non seppe mai cos'è il sorriso degli dèi – di noi che sappiamo il destino.

LEUCOTEA   Nessun uomo capisce noialtre, e la bestia. Li ho veduti i tuoi uomini. Fatti lupi o maiali, ruggiscono

ancora come uomini interi. È uno strazio. Nella loro intelligenza sono ben rozzi. Tu hai molto giocato con loro?

CIRCE   Me li godo, Leucò. Me li godo come posso. Non mi
fu dato avere un dio nel mio letto, e di uomini soltanto
Odisseo. Tutti gli altri che tocco diventano bestia e s'in-
furiano, e mi cercano cosí, come bestie. Io li prendo,
Leucò: la loro furia non è meglio né peggio dell'amore
di un dio. Ma con loro non devo nemmeno sorridere; li
sento coprirmi e poi scappare a rintanarsi. Non mi succede di abbassare gli occhi.

LEUCOTEA   E Odisseo...

CIRCE   Non mi chiedo chi siano... Vuoi sapere chi fosse
Odisseo?

LEUCOTEA   Dimmi, Circe.

CIRCE   Una sera mi descrisse il suo arrivo in Eea, la paura dei compagni, le sentinelle poste alle navi. Mi disse
che tutta la notte ascoltarono i ringhi e i ruggiti, distesi
nei mantelli sulla spiaggia del mare. E poi che, apparso il
giorno, videro di là dalla selva levarsi una spira e che gri-
darono di gioia, riconoscendo la patria e le case. Queste
cose mi disse sorridendo – come sorridono gli uomini –
seduto al mio fianco davanti al camino. Disse che voleva
scordarsi chi ero e dov'era, e quella sera mi chiamò Penelope.

LEUCOTEA   O Circe, cosí sciocco è stato?

CIRCE   Leucina, anch'io fui sciocca e gli dissi di piangere.

LEUCOTEA   Figúrati.

CIRCE   No, che non pianse. Sapeva che Circe ama le bestie,
che non piangono. Pianse piú tardi, pianse il giorno che
gli dissi il lungo viaggio che restava e la discesa nell'A-
verno e il buio pesto dell'Oceano. Questo pianto che pu-
lisce lo sguardo e dà forza, lo capisco anch'io Circe. Ma
quella sera mi parlò – ridendo ambiguo – della sua infanzia e del destino, e mi chiese di me. Ridendo parlava, capisci.

LEUCOTEA   Non capisco.

CIRCE   Ridendo. Con la bocca e la voce. Ma gli occhi pieni di ricordi. E poi mi disse di cantare. E cantando mi mi-
si al telaio e la mia voce rauca la feci voce della casa e del-
l'infanzia, la raddolcii, gli fui Penelope. Si prese il capo
tra le mani.

LEUCOTEA   Chi rideva alla fine?

CIRCE   Nessuno, Leucò. Anch'io quella sera fui mortale.

Ebbi un nome: Penelope. Quella fu l'unica volta che senza sorridere fissai in faccia la mia sorte e abbassai gli occhi.

LEUCOTEA   E quest'uomo amava un cane?

CIRCE   Un cane, una donna, suo figlio, e una nave per correre il mare. E il ritorno innumerevole dei giorni non gli parve mai destino, e correva alla morte sapendo cos'era, e arricchiva la terra di parole e di fatti.

LEUCOTEA   Oh Circe, non ho i tuoi occhi ma qui voglio sorridere anch'io. Fosti ingenua. Gli avessi detto che il lupo e il maiale ti coprivano come una bestia, sarebbe caduto, si sarebbe imbestiato anche lui.

CIRCE   Gliel'ho detto. Storse appena la bocca. Dopo un poco mi disse: «Purché non siano i miei compagni».

LEUCOTEA   Dunque geloso.

CIRCE   Non geloso. Teneva a loro. Capiva ogni cosa. Tranne il sorriso di noi dèi. Quel giorno che pianse sul mio letto non pianse per la paura, ma perché l'ultimo viaggio gli era imposto dal fato, era una cosa già saputa. «E allora perché farlo?» mi chiese cingendosi la spada e camminando verso il mare. Io gli portai l'agnella nera e, mentre i compagni piangevano, lui avvistò un volo di rondini sul tetto e mi disse: «Se ne vanno anche loro. Ma loro non san quel che fanno. Tu, signora, lo sai».

LEUCOTEA   Nient'altro ti ha detto?

CIRCE   Nient'altro.

LEUCOTEA   Circe, perché non l'hai ucciso?

CIRCE   Ah sono davvero una stupida. Qualche volta dimentico che noialtre sappiamo. E allora mi diverto come fossi ragazza. Come se tutte queste cose avvenissero ai grandi, agli Olimpici, e avvenissero cosí, inesorabili ma fatte di assurdo, d'improvviso. Quello che mai prevedo è appunto di aver preveduto, di sapere ogni volta quel che farò e quel che dirò – e quello che faccio e che dico diventa cosí sempre nuovo, sorprendente, come un gioco, come quel gioco degli scacchi che Odisseo m'insegnò, tutto regole e norme ma cosí bello e imprevisto, coi suoi pezzi d'avorio. Lui mi diceva sempre che quel gioco è la vita. Mi diceva che è un modo di vincere il tempo.

LEUCOTEA   Troppe cose ricordi di lui. Non l'hai fatto maiale né lupo, e l'hai fatto ricordo.

CIRCE   L'uomo mortale, Leucò, non ha che questo d'immortale. Il ricordo che porta e il ricordo che lascia. Nomi e parole sono questo. Davanti al ricordo sorridono anche loro, rassegnàti.

LEUCOTEA   Circe, anche tu dici parole.

CIRCE   So il mio destino, Leucò. Non temere.

Il toro

Tutti sanno che Teseo, di ritorno da Creta, finse di dimenticare sull'albero le nere vele segno di lutto, e cosí suo padre credendolo morto si precipitò in mare e gli lasciò il regno. Ciò è molto greco, altrettanto greco come la ripugnanza per ogni mistico culto di mostri.

(*Parlano Lelego e Teseo*).

LELEGO   Quel colle è la patria, signore.

TESEO   Non c'è terra oltremare, avvistata nella luce del crepuscolo, che non sembri la vecchia collina.

LELEGO   Vedendo il sole tramontare dietro l'Ida, un tempo brindammo anche noi.

TESEO   Bello è tornare e bello andare, Lelego. Beviamo ancora. Beviamo al passato. Bella è ogni cosa abbandonata e ritrovata.

LELEGO   Finché fummo nell'isola, tu non parlavi della patria. Non ripensavi a molte cose abbandonate. Vivevi anche tu alla giornata. E ti ho visto lasciar quella terra come avevi lasciato le case, senza volgerti indietro. Questa sera, ripensi al passato?

TESEO   Noi siamo vivi, Lelego, e davanti a questo vino, sul mare di casa. A molte cose si ripensa in una simile sera, se anche domani il vino e il mare non basteranno a darci pace.

LELEGO   Che cosa temi? si direbbe che non credi al tuo ritorno. Perché non dài ordine di calare le vele tenebrose e vestire di bianco la nave? L'hai promesso a tuo padre.

TESEO   Abbiamo tempo, Lelego. Tempo domani. Mi piace sentirmi schioccare sul capo gli stessi teli di quando correvamo al pericolo e nessuno di voialtri sapeva se saremmo tornati.

LELEGO   Tu lo sapevi, Teseo?

TESEO   Press'a poco... La mia scure non falla.

LELEGO   Perché parli esitando?

TESEO   Non parlo esitando. Penso alla gente che ignoravo e al grande monte e a quello che noi fummo nell'isola. Penso agli ultimi giorni nella reggia, quella casa tutta fatta di piazze, e i soldati mi chiamavano il re-toro, ricordi? Quel che si uccide si diventa, nell'isola. Cominciavo a capirli. Poi ci dissero che nei boschi dell'Ida c'eran le grotte degli dèi, dove nascevano e morivano gli dèi. Capisci, Lelego? in quell'isola si uccidono gli dèi, come le bestie. E chi li uccide si fa dio. Noi allora tentammo salire sull'Ida...

LELEGO   Si ha coraggio, lontano da casa.

TESEO   E ci dissero cose incredibili. Le loro donne, quelle grandi donne bionde che passavano il mattino stese al sole sui terrazzi della reggia, salgono a notte sui prati dell'Ida e abbraccian gli alberi e le bestie. Ci restavano, a volte.

LELEGO   Solamente le donne han coraggio nell'isola. Tu lo sai, Teseo.

TESEO   C'è una cosa, che so. Preferisco le donne che stanno al telaio.

LELEGO   Ma nell'isola non hanno telai. Compran tutto sul mare. Che vuoi che facciano le donne?

TESEO   Non pensare agli dèi maturandosi al sole. Non cercare il divino nei tronchi e nel mare. Non rincorrere i tori. Prima ho creduto che la colpa ce l'avessero i padri, quei mercanti ingegnosi che si vestono come le donne e gli piace vedere i ragazzi volteggiare sui tori. Ma non è questo, non è tutto. È un altro sangue. Ci fu un tempo che l'Ida non conobbe che dee. Che una dea. Era il sole, era i tronchi, era il mare. E davanti alla dea gli dèi e gli uomini si sono schiacciati. Quando una donna sfugge l'uomo, e si ritrova dentro al sole e alla bestia, non è colpa dell'uomo. È il sangue guasto, è il caos.

LELEGO   Lo puoi dire tu solo. Parli della straniera?

TESEO   Anche di lei.

LELEGO   Tu sei signore e quel che fai ci sembra giusto. Ma a noi pareva assoggettata e docile.

TESEO   Troppo docile, Lelego. Docile come l'erba o come il mare. Tu la guardi e capisci che cede e nemmeno ti sente. Come i prati dell'Ida, dove ci s'inoltra con la mano sulla scure ma viene il momento che il silenzio ti soffoca e devi fermarti. Era un ansito come di belva acquattata. Anche il sole pareva all'agguato, anche l'aria. Con la gran Dea non si combatte. Non si combatte con la terra, col suo silenzio.

LELEGO   So queste cose, come te. Ma la straniera ti ha fatto uscire dalla fossa. La straniera ha lasciato le case. Ciò non si fa tra sangue vivo e sangue guasto. La straniera seguendoti aveva lasciato i suoi dèi.

TESEO   Ma non l'hanno lasciata gli dèi.

LELEGO   Dicevi pure che li scannano sull'Ida.

TESEO   E l'uccisore è nuovo dio. O Lelego, si può scannare dèi e tori nella grotta, ma quel divino che hai nel sangue non si uccide. Anche Ariadne era sangue dell'isola.
Io la conobbi come il toro.

LELEGO   Fosti crudele, Teseo. Che avrà detto, infelice,
svegliandosi?

TESEO   Oh lo so. Forse avrà urlato. Ma non conta. Invo-
cato la patria, le sue case e i suoi dèi. La terra e il sole non
le mancano. Noi stranieri per lei non siamo piú nulla.

LELEGO   Era bella, signore, era fatta di terra e di sole.

TESEO   Noi invece non siamo che uomini. Sono certo che
un dio, qualche dio dolce e ambiguo e dolente, di quei
dèi che hanno gustato già la morte e la gran Dea porta nel
grembo, le sarà inviato a consolarla. Sarà un tronco, un
cavallo, un montone? sarà un lago o una nuvola? Tutto
può darsi, sul suo mare.

LELEGO   Io non so, qualche volta tu parli come fossi un ragazzo che gioca. Sei il signore e ti ascoltiamo. Altre volte
sei vecchio e crudele. Si direbbe che l'isola ti ha lasciato
qualcosa di sé.

TESEO   Anche questo può darsi. Quel che si uccide si diventa, Lelego. Tu non ci pensi ma veniamo da lontano.

LELEGO   Nemmeno il vino della patria ti riscalda?

TESEO   Non siamo ancora giunti in patria.

In famiglia

Sono noti i luttuosi incidenti che hanno funestato la casa degli Atridi. Qui basterà ricordare alcune successioni. Da Tantalo nacque Pélope; da Pélope, Tieste e Atreo; da Atreo, Menelao e Agamennone; da quest'ultimo Oreste che uccise la madre. Che Artemide arcadica e marina godesse di uno speciale culto in questa famiglia (si pensi al sacrificio dell'atride Ifigenia, tentato dal padre), chi scrive ne è convinto e non da ieri.

(*Parlano Castore e Polideute*).

CASTORE Ricordi, Poli, quando l'abbiamo tolta dalle mani di Teseo?

POLIDEUTE Valeva la pena...

CASTORE Allora era una bambina, e mi ricordo che correndo nella notte pensavo allo spavento che doveva provare in quel bosco sul cavallo di Teseo, inseguita da noi... Eravamo ingenui.

POLIDEUTE Adesso si è messa al sicuro.

CASTORE Adesso ha la forza dei Frigi e dei Dàrdani. Ha messo il mare tra sé e noi.

POLIDEUTE Passeremo anche il mare.

CASTORE Io ne ho abbastanza, Polideute. Non tocca piú a noi. Ora è faccenda degli Atridi.

POLIDEUTE Passeremo il mare.

CASTORE Convínciti, Poli. Non vale la pena. Non essere ingenuo. Lascia fare agli Atridi – l'avvenire li riguarda.

POLIDEUTE Ma è nostra sorella.

CASTORE Dovevamo saperlo che a Sparta non sarebbe rimasta. Non è donna da vivere in fondo a una reggia.

POLIDEUTE E che altro vuole, Castore?

CASTORE Non vuole nulla. È proprio questo. È la bambina ch'era allora. È incapace di prender sul serio un marito o una casa. Ma non serve rincorrerla. Vedrai che un giorno tornerà con noi.

POLIDEUTE Chi sa che faranno adesso gli Atridi per riscatto del sangue. Non è gente che sopporti un'ingiuria. Il loro onore è come quello degli dèi.

CASTORE Lascia stare gli dèi. È una famiglia che in passato si mangiavano tra loro. Cominciando da Tantalo che ha imbandito il figliolo...

POLIDEUTE Sono poi vere queste storie che raccontano?

CASTORE Sono degne di loro. Gente che vive nelle rocche di Micene e di Sparta e si mette una maschera d'oro; che

è padrona del mare e lo vede solamente per le buche feritoie, è capace di tutto. Ti sei mai chiesto, Polideute,
perché le loro donne – anche nostra sorella – dopo un
po' inferociscono e smaniano, versano sangue e ne fanno
versare? Le migliori non reggono. Non c'è un solo Pe-
lopida – non uno – cui la sposa abbia chiuso gli occhi.
Se questo è un onore di dèi...

POLIDEUTE   L'altra nostra sorellina, Clitennestra, ci resiste.

CASTORE   ...Aspettiamo la fine, a dire evviva.

POLIDEUTE   Se tu sapevi tutto ciò, come hai potuto consentire a queste nozze?

CASTORE   Io non ho consentito. Queste cose succedono.
Ciascuno si trova la moglie che merita.

POLIDEUTE   Che vuoi dire? che le donne sono degne di loro? nostra sorella avrebbe colpa?

CASTORE   Smettila, Polideute. Nessuno ci ascolta. È evidente che gli Atridi e i loro padri hanno sempre sposato
la medesima donna. Forse noi suoi fratelli non sappiamo
ancor bene chi Elena sia. C'è voluto Teseo per darcene
un saggio. Dopo di lui l'Atride. Ora Paride frigio. Io domando: possibile che sia tutto casuale? Sempre lei deve
imbattersi in simili tipi? È evidente che è fatta per loro,
come loro per lei.

POLIDEUTE   Ma sei folle.

CASTORE   Non c'è niente di folle. Se i Pelopidi han persa
la testa – e qualcuno anche il collo – ci pensino loro. Sono stirpe di re marini che non escon di casa e amano co-
mandare dalle alture. Forse un giorno hanno veduto il
mondo. Tantalo, il primo, certo. Ma poi vissero chiusi
con le donne e i mucchi d'oro, sospettosi e scontenti, in-
capaci di un gesto valido, nutriti dal mare su una povera
terra, banchettatori, grassi. Ti stupisce che cercassero
qualcosa di forte, di quasi selvaggio, da rinchiudere sul
monte con sé? L'han sempre trovato.

POLIDEUTE   Non capisco cosa c'entri la nostra sorella né
perché dici ch'era fatta per Paride e Teseo.

CASTORE   Per loro o per altri, Poli, non importa. È del destino degli Atridi che si parla. Né l'antica Ippodamia né
le nuore hanno colpa se tutte queste si somigliano come
una torma di cavalle. Si direbbe che nei tempi in quella
famiglia lo stesso uomo ha ricercato sempre la stessa
creatura. E l'ha trovata. Da Ippodamia di Enomào alle

nostre sorelle tutte quante sono state costrette a lottare e difendersi. È evidente che questo ai Pelopidi piace. Non lo sapranno ma gli piace. Sono gente d'astuzia e di sangue. Sono grassi tiranni. Hanno bisogno di una donna che li frusti.

POLIDEUTE   Dici sempre Ippodamia Ippodamia. Lo so anch'io che Ippodamia agitava i cavalli. Ma le nostre sorelle non c'entrano. La mano d'Elena è una mano di bambina che non ha mai stretto la sferza. Come può somigliarle?

CASTORE   Noi delle donne, Polideute, non sappiamo gran cosa. Siamo cresciuti su con lei. Ci pare sempre la bambina che giocava alla palla. Ma per sentirsi selvagge e smaniose non è necessario agitare cavalli. Basta piacere a un Menelao, a un re del mare.

POLIDEUTE   E che ha poi fatto di terribile Ippodamia?

CASTORE   Trattava gli uomini come i cavalli. Convinse l'auriga ad ucciderle il padre. Fece uccidere da Pélope l'auriga. Mise al mondo i fratelli omicidi. Diede il via a un torrente di sangue. Non fuggí dalle case, questo sí.

POLIDEUTE   Ma non dicevi che la colpa fu di Pélope?

CASTORE   Dicevo che a Pélope e ai suoi sono piaciute donne simili. Ch'eran fatte per loro.

POLIDEUTE   Elena non uccide, e non fa uccidere.

CASTORE   Ne sei certo, fratello? Ricòrdati quando l'abbiamo ritolta a Teseo – tre cavalli che correvano il bosco. Se non ci uccidemmo, fu perché come a ragazzi ci parve quasi di giocare. E, adesso, tu stesso ti chiedi quanto sangue verseranno gli Atridi.

POLIDEUTE   Ma lei non istiga nessuno...

CASTORE   Credi tu che Ippodamia istigasse l'auriga? Lei sorrise al suo servo e gli disse che il padre la voleva per sé. E non disse nemmeno che a lei dispiaceva... Per uccidere basta uno sguardo. Poi quando Mírtilo si vide giocato dal figlio di Tantalo e volle gridare, bastò che Ippodamia dicesse al marito: «Lui sa ogni cosa di Enomào. Stacci attento». I Pelopidi godono di parole simili.

POLIDEUTE   Tutte le donne dunque uccidono?

CASTORE   Non tutte. Ce ne sono che chinano il capo, e la vita asservisce. Ma la rocca scatena anche queste. I Pelopidi uccidono e vengono uccisi. Hanno bisogno di frustare o esser frustati.

POLIDEUTE   Nostra sorella si accontenta di fuggire.

CASTORE   Tu lo credi, fratello? Ricorda Aeròpe, la moglie di Atreo...

POLIDEUTE   Ma Aeròpe fu uccisa nel mare.

CASTORE   Non senza aver prima istigato l'amante a rubare i tesori. Ecco una donna che la rocca rese folle. Una donna che avrebbe potuto passare la vita in tranquilla lussuria, ingrassando anche lei con l'amante. Ma l'amante era Tieste, e il marito era Atreo. Se l'erano scelta. Non la lasciarono salvarsi. La scatenarono anche lei. I Pelopidi han sete di furia.

POLIDEUTE   Vuoi dire che nostra sorella l'uccideranno come adultera? che è anche lei lussuriosa?

CASTORE   Lo fosse, Polideute, lo fosse. Ma non è lussurioso chi vuole. Non chi sposa un Atride. Non capisci, fratello, che costoro hanno posto la loro lussuria nell'abbraccio violento, nello schiaffo e nel sangue? Di una donna che è docile e vile non sanno che farsene. Hanno bisogno d'incontrare occhi freddi e omicidi, occhi che non s'abbassino. Come le buche feritoie. Come li ebbe Ippodamia.

POLIDEUTE   Nostra sorella ha questo sguardo...

CASTORE   Hanno bisogno della vergine crudele. Di quella che passa sui monti. Ogni donna che sposano è questo, per loro. Le imbandivano i figli, le scannavano figlie...

POLIDEUTE   Sono cose passate.

CASTORE   Le faranno ancora, Polideute.

Gli Argonauti

Il tempio sull'Acrocorinto, officiato da Ierodule, ci è ricordato anche da Pindaro. Che i giovani uccisori di mostri – compreso Teseo di Atene – abbiano tutti avuto guai da donne, si potrebbe supporlo se già la tradizione non lo suggerisse concorde. Di una delle piú atroci, Medea – maga e gelosa e infanticida – ci parla a lungo e con calore Euripide in una cara tragedia.

(Parlano Iasone e Mélita).

IASONE Spalanca pure la cortina, Mélita; sento la brezza che la gonfia. In un mattino come questo anche Iasone vuol vedere il cielo. Dimmi il mare com'è; dimmi che accade sull'acqua del porto.

MÉLITA O re Iasone, com'è bello di quassú. Le banchine sono fitte di gente: una nave s'allontana in mezzo alle barche. È cosí limpido che si riflette capovolta. Tu vedessi le bandiere e le corone; quanta gente. Stanno perfino arrampicati sulle statue. Ho il sole negli occhi.

IASONE Saran venute anche le tue compagne, a salutarli. Le vedi, Mélita?

MÉLITA Non so, vedo tanti. E i marinai che ci salutano, piccini, attaccati alle funi.

IASONE Salutali, Mélita, dev'essere la nave di Cipro. Passeranno dalle tue isole. E con la fama di Corinto e del suo tempio, parleranno anche di te.

MÉLITA Che vuoi che dicano di me, signore? Chi vuoi che nelle isole si ricordi di me?

IASONE I giovani hanno sempre chi li ricorda. Si ripensa volentieri a chi è giovane. E gli dèi, non sono giovani? Per questo tutti li ricordiamo e li invidiamo.

MÉLITA Li serviamo, re Iasone. E anch'io servo la dea.

IASONE Ci sarà pure qualcuno, Mélita, un ospite, un marinaio, che sale al tempio per giacersi con te, non con altre. Qualcuno che parte del dono lo lascia a te sola. Io sono vecchio, Mélita, e non posso salire lassú, ma un tempo in Iolco – tu non eri ancor nata – avrei salito altro che un monte per trovarmi con te.

MÉLITA Tu comandi e noialtre ubbidiamo... Oh, la nave apre le vele. È tutta bianca. Vieni a vederla, re Iasone.

IASONE Resta tu alla finestra, Mélita. Io ti guardo mentre guardi la nave. È come se vi vedessi prendere il vento insieme. Io tremerei nella mattina. Sono vecchio. Vedrei troppe cose se guardassi laggiú.

MÉLITA   La nave si piega nel sole. Come vola adesso! pare un colombo.

IASONE   E va soltanto fino a Cipro. Da Corinto, dalle isole, ora salpano navi che solcano il mare. C'era un tempo che questo mare era tutto deserto. Noi per primi l'abbiamo violato. Tu non eri ancora nata. Quanto sembra lontano.

MÉLITA   Ma è credibile, signore, che nessuno avesse osato attraversarlo?

IASONE   C'è una verginità delle cose, Mélita, che fa paura piú del rischio. Pensa all'orrore delle vette dei monti, pensa all'eco.

MÉLITA   Non andrò mai sulle montagne. Ma non ci credo che il mare facesse paura a qualcuno.

IASONE   Non ce la fece, infatti. Noi partimmo da Iolco una mattina come questa, ed eravamo tutti giovani e avevamo gli dèi dalla nostra. Era bello varcare, senza pensare all'indomani. Poi cominciarono i prodigi. Era un mondo piú giovane, Mélita, i giorni come chiare mattine, le notti di tenebra spessa – dove tutto poteva succedere. Di volta in volta i prodigi erano fonti, erano mostri, eran uomini o rupi. Di noi ne scomparvero, qualcuno morí. Ogni approdo era un lutto. Ogni mattina il mare era piú bello, piú vergine. La giornata passava nell'attesa. Poi vennero piogge, vennero nebbie e schiume nere.

MÉLITA   Queste cose si sanno.

IASONE   Non era il mare il rischio. Noi s'era capito, d'approdo in approdo, che quel lungo cammino ci aveva cresciuti. Eravamo piú forti e staccati da tutto – eravamo come dèi, Mélita – ma appunto questo ci attirava a far cose mortali. Sbarcammo al Fasi, su prati di còlchici. Ah ero giovane allora, e guardavo la sorte.

MÉLITA   Quando si parla di voialtri, dentro il tempio, si abbassa la voce.

IASONE   Qualche volta si ride, lo so, Mélita. Corinto è un'allegra città. E si dice, lo so: «Quando quel vecchio smetterà di chiacchierare dei suoi dèi? Tanto son morti come gli altri». E Corinto vuol vivere.

MÉLITA   Noi si parla della maga, re Iasone, di quella donna che qualcuno ha conosciuto. Oh dimmi com'era.

IASONE   Tutti conoscono una maga, Mélita, tranne a Corinto dove il tempio insegna a ridere. Tutti noialtri, vecchi o morti, conoscemmo una maga.

MÉLITA   Ma la tua, re Iasone?

IASONE   Violammo il mare, distruggemmo mostri, met-
temmo piede sui prati del còlchico – una nube d'oro sfa-
villava nella selva – eppure morimmo ciascuno di un'arte
di maga, ciascuno per l'incanto o la passione di una maga. La testa di uno di noialtri finí lacerata e stroncata in
un fiume. E qualcuno ora è vecchio – e ti parla – che vide
i suoi figli sacrificati dalla madre furente.

MÉLITA   Dicono che non è morta, signore, che i suoi incanti hanno vinto la morte.

IASONE   È il suo destino, e non l'invidio. Respirava la
morte e la spargeva. Forse è tornata alle sue case.

MÉLITA   Ma come ha potuto toccare i suoi figli? Deve
aver pianto molto...

IASONE   Non l'ho mai vista piangere. Medea non piange-
va. E sorrise soltanto quel giorno quando disse che mi
avrebbe seguito.

MÉLITA   Eppure ti ha seguito, re Iasone, ha lasciato la patria e le case, e accettato la sorte. Fosti crudele come un
giovane, anche tu.

IASONE   Ero giovane, Mélita. E a quei tempi nessuno rideva di me. Ma ancora non sapevo che la saggezza è la vostra, quella del tempio, e chiedevo alla dea le cose impos-
sibili. E cos'era impossibile per noi, distruttori del drago,
signori della nuvola d'oro? Si fa il male per essere grandi, per essere dèi.

MÉLITA   E perché vostra vittima è sempre una donna?

IASONE   Piccola Mélita, tu sei del tempio. E non sapete
che nel tempio – nel vostro – l'uomo sale per essere dio
almeno un giorno, almeno un'ora, per giacere con voi come foste la dea? Sempre l'uomo pretende di giacere con
lei – poi s'accorge che aveva a che fare con carne mortale,
con la povera donna che voi siete e che son tutte. E allora
infuria – cerca altrove di esser dio.

MÉLITA   Eppure c'è chi si contenta, signore.

IASONE   Sí, chi è vecchio anzitempo o chi sale da voi. Ma
non prima di aver tutto tentato. Non chi ha visto altri
giorni. Hai sentito parlare del figlio d'Egeo, che discese
nell'Ade a rapir Persefòne – il re d'Atene che morí sca-
gliato in mare?

MÉLITA   Ne parlano quelli del Fàlero. Fu anche lui navi-
gatore come te.

IASONE   Piccola Mélita, fu quasi un dio. E trovò la sua

donna oltremare, una donna che – come la maga – l'aiutò
nell'impresa mortale. L'abbandonò su un'isola, un mattino. Poi vinse altre imprese e altri cieli, ed ebbe Antiope,
la lunare, un'amazzone indocile. E poi Fedra, luce del
giorno, e anche questa si uccise. E poi Elena, figlia di Leda. E altre ancora. Fin che tentò di conquistare Persefòne dalle fauci dell'Ade. Una soltanto non ne volle, che
fuggí da Corinto – l'assassina dei figli – la maga, lo sai.

MÉLITA   Ma tu, signore, la ricordi. Tu sei piú buono di
quel re. Tu da allora non hai piú fatto piangere.

IASONE   Ho imparato a Corinto, a non essere un dio. E conosco te, Mélita.

MÉLITA   O Iasone, che cosa son io?

IASONE   Una piccola donna marina, che discende dal tempio quando il vecchio la chiama. E anche tu sei la dea.

MÉLITA   Io la servo.

IASONE   L'isola del tuo nome, in occidente, è un gran san-
tuario della dea. Tu lo sai?

MÉLITA   È un nome piccolo, signore, che mi han dato per
gioco. A volte penso a quei bei nomi delle maghe, delle
donne infelici che han pianto per voi...

IASONE   Megàra Iole Auge Ippòlita Onfàle Deiàneira...
Sai chi fecero piangere?

MÉLITA   Oh ma quello fu un dio. E adesso vive fra gli dèi.

IASONE   Cosí si racconta. Povero Eracle. Era anche lui con
noi. Non lo invidio.

La vigna

Ariadne, abbandonata da Teseo dopo l'avventura del labirinto, venne raccolta sull'isola di Nasso da Dioniso di ritorno
dall'India, e finí in cielo tra le costellazioni.

(*Parlano Leucotea e Ariadne*).

LEUCOTEA   Piangerai per molto tempo ancora, Ariadne?

ARIADNE   O tu di dove vieni?

LEUCOTEA   Dal mare, come te. Dunque, hai smesso di piangere?

ARIADNE   Non sono piú sola.

LEUCOTEA   Credevo che voi donne mortali piangeste soltanto quando qualcuno vi ascolta.

ARIADNE   Per una ninfa, sei cattiva.

LEUCOTEA   Cosí, se n'è andato anche lui? Perché credi che ti abbia lasciata?

ARIADNE   Non mi hai detto chi sei.

LEUCOTEA   Una donna che ha fatto quel che tu non hai fatto. Ho tentato di uccidermi in mare. Mi chiamavano Ino. Una dea mi ha salvata. Ora sono la ninfa dell'isola.

ARIADNE   Che vuoi da me?

LEUCOTEA   Se mi parli cosí, già lo sai. Vengo a dirti che il tuo caro ragazzo dalle belle parole e dai ricci violetti, se n'è andato per sempre. Ti ha piantata. La vela nera che è scomparsa sarà l'ultimo ricordo che ti lascia. Corri, strilla, dibattiti, è fatta.

ARIADNE   Anche te hanno piantato, ché hai cercato di ucciderti?

LEUCOTEA   Non si tratta di me. Ma non meriti il discorso che ti faccio. Tu sei sciocca e testarda.

ARIADNE   Senti, ninfa del mare, che tu deva parlarmi, non so. Quello che dici è poco o troppo. Se vorrò uccidermi, saprò farlo da sola.

LEUCOTEA   Credi a me, scioccherella. Il tuo dolore non è nulla.

ARIADNE   E perché vieni a dirmelo?

LEUCOTEA   Per che credi che lui ti abbia lasciata?

ARIADNE   O ninfa, smettila...

LEUCOTEA   Ecco, piangi. Cosí almeno è piú facile. Non parlare, non serve. Cosí se ne vanno sciocchezza e superbia. Cosí il tuo dolore compare per quello che è. Ma finché il cuore non ti scoppierà, finché non latrerai come una cagna e vorrai spegnerti nel mare come un tizzo, non potrai dire di conoscere il dolore.

ARIADNE   M'è già scoppiato... il cuore...

LEUCOTEA   Piangi soltanto, non parlare... Tu non sai nulla. Altro ti attende.

ARIADNE   Come ti chiami adesso, ninfa?

LEUCOTEA   Leucotea. Capiscimi, Ariadne. La vela nera se n'è andata per sempre. Questa storia è finita.

ARIADNE   È la mia vita che finisce.

LEUCOTEA   Altro ti attende. Tu sei sciocca. Non veneravi nessun dio nella tua terra?

ARIADNE   Quel dio può ridarmi la nave?

LEUCOTEA   Ti domando che dio conoscevi.

ARIADNE   C'è un monte in patria che incuteva spavento anche a quelli della nave. Là sono nati grandi dèi. Li adoriamo. Li ho già tutti invocati, ma nessuno mi aiuta. Che farò? dimmi tu.

LEUCOTEA   Che cosa attendi dagli dèi?

ARIADNE   Non attendo piú nulla.

LEUCOTEA   E allora ascolta. Qualcuno si è mosso.

ARIADNE   Che vuoi dire?

LEUCOTEA   Se ti parlo, qualcuno si è mosso.

ARIADNE   Tu sei solo una ninfa.

LEUCOTEA   Può darsi che una ninfa annunci un gran dio.

ARIADNE   Chi, Leucotea, chi mai?

LEUCOTEA   Pensi al dio o al bel ragazzo?

ARIADNE   Non lo so. Come dici? Io mi prostro agli dèi.

LEUCOTEA   Dunque hai capito. È un nuovo dio. È il piú giovane di tutti gli dèi. Ti ha veduta e gli piaci. Lo chiamano Dioniso.

ARIADNE   Non lo conosco.

LEUCOTEA   È nato a Tebe e corre il mondo. È un dio di gioia. Tutti lo seguono e lo acclamano.

ARIADNE   È potente?

LEUCOTEA   Uccide ridendo. Lo accompagnano i tori e le tigri. La sua vita è una festa e gli piaci.

ARIADNE   Ma come mi ha vista?

LEUCOTEA   Chi può dirlo. Tu sei mai stata in un vigneto in

costa a un colle lungo il mare, nell'ora lenta che la terra
dà il suo odore? Un odore rasposo e tenace, tra di fico e
di pino? Quando l'uva matura, e l'aria pesa di mosto? O
hai mai guardato un melograno, frutto e fiore? Qui regna
Dioniso, e nel fresco dell'edera, nei pineti e sulle aie.

ARIADNE   Non c'è un luogo solitario abbastanza che gli dèi
non ci vedano?

LEUCOTEA   Cara mia, ma gli dèi sono il luogo, sono la solitudine, sono il tempo che passa. Verrà Dioniso, e ti parrà di esser rapita da un gran vento, come quei turbini che
passano sulle aie e nei vigneti.

ARIADNE   Quando verrà?

LEUCOTEA   Cara, io lo annuncio. Per questo la nave è fuggita.

ARIADNE   E a te chi l'ha detto?

LEUCOTEA   Sono di Tebe, Ariadne. Sono sorella di sua
madre.

ARIADNE   Nella mia patria si racconta che sull'Ida nascevano dèi. Nessun mortale è mai salito oltre gli ultimi boschi. Noi temiamo anche l'ombra che cade dal monte. Come posso accettare le cose che dici?

LEUCOTEA   Tu hai molto osato, piccola. Non era per te come un dio anche colui dai ricci viola?

ARIADNE   Gli ho salvata la vita, a questo dio. Che ne ho
avuto?

LEUCOTEA   Molte cose. Hai tremato e sofferto. Hai pensato a morire. Hai saputo che cosa è un risveglio. Ora sei
sola e aspetti un dio.

ARIADNE   E lui com'è? molto crudele?

LEUCOTEA   Tutti gli dèi sono crudeli. Che vuol dire? O-
gni cosa divina è crudele. Distrugge l'essere caduco che
resiste. Per svegliarti piú forte, devi cedere al sonno.
Nessun dio sa rimpiangere nulla.

ARIADNE   Il dio tebano... questo tuo... hai detto che uccide ridendo?

LEUCOTEA   Chi gli resiste. Chi gli resiste s'annienta. Ma
non è piú spietato degli altri. Sorridere è come il respiro
per lui.

ARIADNE   Non è diverso da un mortale.

LEUCOTEA   Anche questo è un risveglio, bambina. Sarà
come amare un luogo, un corso d'acqua, un'ora del giorno. Nessun uomo val tanto. Gli dèi durano finché durano

le cose che li fanno. Fin che le capre salteranno tra i pini e i vigneti, ti piacerà e gli piacerai.

ARIADNE   Morirò come tutte le capre.

LEUCOTEA   Sulle vigne, di notte, ci sono anche stelle. È un dio notturno che ti aspetta. Non temere.

Gli uomini

Di Cratos e Bia – il Potere e la Forza – dice Esiodo che «la casa non è lontana da Zeus», in premio dell'aiuto che gli diedero nella lotta contro i Titani. Tutti sanno della fuga di Zeus e dei molti suoi casi.

(Parlano Cratos e Bia).

CRATOS   Se n'è andato e cammina tra gli uomini. Prende
la strada delle valli, e si sofferma tra le vigne o in riva al
mare. Qualche volta si spinge fino alle porte di una città.
Nessuno direbbe che è Padre e Signore. Mi chiedo a volte
cosa vuole, cosa cerca. Dopo che tanto si è lottato per
dargli il mondo – le campagne, le vette e le nubi – nelle
mani. Potrebbe sedere quassú indisturbato. Nossignore.
Cammina.

BIA   Che c'è di strano? Chi è signore si scapriccia.

CRATOS   Lontano dal monte e da noi, lo capisci? E deve a
noialtri, servi suoi, se è signore. S'accontenti che il mondo lo teme e lo prega. Che gli fanno quei piccoli uomini?

BIA   Sono parte del mondo anche loro, mio caro.

CRATOS   Non so, qualcosa non è piú com'era prima. Nostra madre lo disse: «Verrà come la bufera, e le stagioni
cambieranno». Questo figlio del Monte che comanda col
cenno, non è piú come i vecchi signori – la Notte, la Terra, il vecchio Cielo o il Caos. Si direbbe che il mondo è di-
viso. Un tempo le cose accadevano. Di ogni cosa veniva
la fine, ed era un tutto che viveva. Adesso invece c'è una
legge e c'è una mente. Lui s'è fatto immortale e con lui
noi suoi servi. Anche i piccoli uomini pensano a noi; sanno che devono morire e ci contemplano. E fin qui li capisco, è per questo che abbiamo combattuto i Titani. Ma
che lui, il celeste che sopra il Monte ci promise questi do-
ni, lasci le vette e se ne vada a scapricciarsi ogni momento e farsi uomo tra gli uomini, a me non piace. E a te,
sorella?

BIA   Non sarebbe signore se la legge che ha fatto non po-
tesse interromperla. Ma l'interrompe poi davvero?

CRATOS   Non lo capisco, questo è il fatto. Quando noi ci
buttammo sui monti, lui sorrideva come avessé già vinto.
Combatteva con cenni e con brevi parole. Non disse mai

di esser sdegnato; il suo nemico era già a terra e lui ancora sorrideva. Schiacciò cosí Titani e uomini. Allora mi
piacque; non ebbe pietà. E sorrise cosí un'altra volta:
quando pensò di dare agli uomini la donna, la Pandora,
per punirli del furto del fuoco. Com'è possibile che adesso si compiaccia di vigne e città?

BIA   Forse la donna, la Pandora, non è solo un malanno.
Perché non vuoi che si compiaccia di costei, se fu un suo
dono?

CRATOS   Ma tu sai cosa sono gli uomini? Miserabili cose
che dovranno morire, piú miserabili dei vermi o delle foglie dell'altr'anno che son morti ignorandolo. Loro invece lo sanno e lo dicono, e non smettono mai d'invocarci,
di volerci strappare un favore o uno sguardo, di accen-
derci fuochi, proprio quei fuochi che han rubato dentro il
cavo della canna. E con le donne, con le offerte, coi canti
e le belle parole, hanno ottenuto che noialtri, gli immortali, che qualcuno di noi discendesse tra loro, li guardas-
se benigno, ne avesse figlioli. Capisci il calcolo, l'astuzia
miserabile e sfrontata? Ti persuadi perché mi ci scaldo?

BIA   Lo disse la madre, e lo dici tu stesso, che il mondo è
mutato. Non da oggi il Signore dei monti discende tra gli
uomini. Dimentichi forse che visse nei tempi fuggiasco
su un'isola del mare, e là morí e venne sepolto, come allora toccava agli dèi?

CRATOS   Queste cose si sanno.

BIA   Ma non ne segue che il suo cenno sia scaduto. Sono
invece scaduti i signori del Caos, quelli che un tempo
hanno regnato senza legge. Prima l'uomo la belva e anche
il sasso era dio. Tutto accadeva senza nome e senza legge. Ci voleva la fuga del dio, la grossa empietà del suo
confino tra gli uomini quando ancora era bimbo e poppa-
va alla capra, e poi la crescita sul monte tra le selve, le parole degli uomini e le leggi dei popoli, e il dolore la morte
e il rimpianto, per fare del figlio di Crono il buon Giudi-
ce, la Mente immortale e inquieta. Tu credi di averlo aiu-
tato a schiacciare i Titani? Se l'hai detto tu stesso: combatteva come avesse già vinto. Il bambino rinato divenne
signore vivendo tra gli uomini.

CRATOS   E sia pure. La legge valeva la pena. Ma perché
insiste a ritornarci ora che è il re di tutti noi?

BIA   Fratello fratello, vuoi capirla che il mondo, se pure
non è piú divino, proprio per questo è sempre nuovo e

sempre ricco, per chi ci discende dal Monte? La parola
dell'uomo, che sa di patire e si affanna e possiede la terra,
rivela a chi l'ascolta meraviglie. Gli dèi giovani, venuti
sui signori del Caos, tutti camminano la terra fra gli uomini. E se pure qualcuno conserva l'amore dei luoghi
montani, delle grotte, dei cieli selvaggi, questo fanno
perché adesso gli uomini sono giunti anche là e la loro
voce ama violare quei silenzi.

CRATOS   Passeggiasse soltanto, il figliolo di Crono. Ascol-
tasse e punisse, secondo la legge. Ma com'è che s'induce
a godere e lasciarsi godere, com'è che ruba donne e figli
a quei mortali?

BIA   Se tu ne avessi conosciuti, capiresti. Sono poveri vermi ma tutto fra loro è imprevisto e scoperta. Si conosce
la bestia, si conosce l'iddio, ma nessuno, nemmeno noialtri, sappiamo il fondo di quei cuori. C'è persino, tra loro,
chi osa mettersi contro il destino. Soltanto vivendo con
loro e per loro si gusta il sapore del mondo.

CRATOS   O delle donne, delle figlie di Pandora, quelle bestie?

BIA   Donne o bestie, è lo stesso. Cosa credi di dire? Sono
il frutto piú ricco della vita mortale.

CRATOS   Ma Zeus le accosta come bestia o come dio?

BIA   Sciocco, le accosta come uomo. È tutto qui.

Il mistero

Che i misteri eleusini presentassero agli iniziati un divino modello dell'immortalità nelle figure di Dioniso e Demetra (e Core e Plutone) piace a tutti sentirlo. Quel che piace di meno è sentir ricordare che Demetra è la spiga – il pane – e Dioniso l'uva – il vino. «Prendete e mangiate...»

(*Parlano Dioniso e Demetra*).

DIONISO Questi mortali sono proprio divertenti. Noi sappiamo le cose e loro le fanno. Senza di loro mi chiedo che cosa sarebbero i giorni. Che cosa saremmo noi Olimpici. Ci chiamano con le loro vocette, e ci dànno dei nomi.

DEMETRA Io fui prima di loro, e ti so dire che si stava soli. La terra era selva, serpenti, tartarughe. Eravamo la terra, l'aria, l'acqua. Che si poteva fare? Fu allora che prendemmo l'abitudine di essere eterni.

DIONISO Questo con gli uomini non succede.

DEMETRA È vero. Tutto quello che toccano diventa tempo. Diventa azione. Attesa e speranza. Anche il loro morire è qualcosa.

DIONISO Hanno un modo di nominare se stessi e le cose e noialtri che arricchisce la vita. Come i vigneti che han saputo piantare su queste colline. Quando ho portato il tralcio a Eleusi io non credevo che di brutti pendii sassosi avrebbero fatto un cosí dolce paese. Cosí è del grano, cosí dei giardini. Dappertutto dove spendono fatiche e parole nasce un ritmo, un senso, un riposo.

DEMETRA E le storie che sanno raccontare di noi? Mi chiedo alle volte se io sono davvero la Gaia, la Rea, la Cíbele, la Madre Grande, che mi dicono. Sanno darci dei nomi che ci rivelano a noi stessi, Iacco, e ci strappano alla greve eternità del destino per colorirci nei giorni e nei paesi dove siamo.

DIONISO Per noi tu sei sempre Deò.

DEMETRA Chi direbbe che nella loro miseria hanno tanta ricchezza? Per loro io sono un monte selvoso e feroce, sono nuvola e grotta, sono signora dei leoni, delle biade e dei tori, delle rocche murate, la culla e la tomba, la madre di Core. Tutto devo a loro.

DIONISO Anche di me parlano sempre.

DEMETRA   E non dovremmo, Iacco, aiutarli di piú, compensarli in qualche modo, essere accanto a loro nella breve giornata che godono?

DIONISO   Tu gli hai dato le biade, io la vite, Deò. Lasciali fare. C'è bisogno d'altro?

DEMETRA   Io non so come, ma quel che ci esce dalle mani è sempre ambiguo. È una scure a due tagli. Il mio Trittòlemo per poco non si è fatto scannare dall'ospite scita cui recava il frumento. E anche tu, sento, ne fai scorrere di sangue innocente.

DIONISO   Non sarebbero uomini, se non fossero tristi. La loro vita deve pur morire. Tutta la loro ricchezza è la morte, che li costringe a industriarsi, a ricordare e prevedere. E poi non credere, Deò, che il loro sangue valga piú del frumento o del vino con cui lo nutriamo. Il sangue è vile, sporco, meschino.

DEMETRA   Tu sei giovane, Iacco, e non sai che è nel sangue che ci hanno trovato. Tu corri il mondo irrequieto, e la morte è per te come vino che esalta. Ma non pensi che tutto i mortali han sofferto quel che raccontano di noi. Quante madri mortali han perduto la Core e non l'hanno riavuta mai piú. Oggi ancora l'omaggio piú ricco che san farci è versare del sangue.

DIONISO   Ma è un omaggio, Deò? Tu sai meglio di me che uccidendo la vittima credevano un tempo di uccidere noi.

DEMETRA   E puoi fargliene un torto? Per questo ti dico che ci hanno trovati nel sangue. Se per loro la morte è la fine e il principio, dovevano ucciderci per vederci rinascere. Sono molto infelici, Iacco.

DIONISO   Tu credi? A me paiono balordi. O forse no. Visto che tanto son mortali, dànno un senso alla vita uccidendosi. Loro le storie devon viverle e morirle. Prendi il fatto d'Icario...

DEMETRA   Quella povera Erígone...

DIONISO   Sí, ma Icario si è fatto ammazzare perché l'ha voluto. Forse ha pensato che il suo sangue fosse vino. Vendemmiava, pigiava e svinava come un folle. Era la prima volta che su un'aia vedevano schiumare del mosto. Ne hanno spruzzato le siepi, i muri, le vanghe. Anche Erígone c'immerse le mani. Poi perché questo vecchio balordo va nei campi, dai pastori, a farli bere? Questi, ubriachi, avvelenati, inferociti, l'hanno sbranato sulla siepe come un capro e poi l'hanno sepolto perché fosse altro vino.

Lui lo sapeva e l'ha voluto. Doveva stupirsi la figlia, che aveva gustato quel vino? Lo sapeva anche lei. Che altro poteva, per finire questa storia, che impiccarsi nel sole come un grappolo d'uva? Non c'è niente di triste. I mortali raccontano le storie col sangue.

DEMETRA   E ti pare che questo sia degno di noi? Ti sei pur chiesto che cosa saremmo senza di loro, sai che un giorno potranno stancarsi di noi dèi. Vedi dunque che il sangue, questo sangue meschino, t'importa.

DIONISO   Ma che vuoi che gli diamo? Qualunque cosa ne faranno sempre sangue.

DEMETRA   C'è un solo modo, e tu lo sai.

DIONISO   Di'.

DEMETRA   Dare un senso a quel loro morire.

DIONISO   Come dici?

DEMETRA   Insegnargli la vita beata.

DIONISO   Ma è un tentare il destino, Deò. Sono mortali.

DEMETRA   Sta' a sentire. Verrà il giorno che ci penseranno da soli. E lo faranno senza noi, con un racconto. Parleranno di uomini che hanno vinta la morte. Già qualcuno di loro l'han messo nel cielo, qualcuno scende nell'inferno ogni sei mesi. Uno di loro ha combattuto con la Morte e le ha strappato una creatura... Capiscimi, Iacco. Faranno da soli. E allora noi ritorneremo quel che fummo: aria, acqua, e terra.

DIONISO   Non vivranno piú a lungo, per questo.

DEMETRA   Sciocco ragazzo, cosa credi? Ma morire avrà un senso. Moriranno per rinascere anche loro, e non avranno piú bisogno di noialtri.

DIONISO   Che vuoi fare, Deò?

DEMETRA   Insegnargli che ci possono eguagliare di là dal dolore e dalla morte. Ma dirglielo noi. Come il grano e la vite discendono all'Ade per nascere, cosí insegnargli che la morte anche per loro è nuova vita. Dargli questo racconto. Condurli per questo racconto. Insegnargli un destino che s'intrecci col nostro.

DIONISO   Moriranno lo stesso.

DEMETRA   Moriranno e avran vinta la morte. Vedranno qualcosa oltre il sangue, vedranno noi due. Non temeranno piú la morte e non avranno piú bisogno di placarla versando altro sangue.

DIONISO   Si può farlo, Deò, si può farlo. Sarà il racconto della vita eterna. Quasi li invidio. Non sapranno il desti-

no e saranno immortali. Ma non sperare che si stagni il
sangue.

DEMETRA   Penseranno soltanto all'eterno. Se mai, c'è il
pericolo che trascurino queste ricche campagne.

DIONISO   Intanto. Ma una volta che il grano e la vigna
avranno il senso della vita eterna, sai che cosa gli uomini
vedranno nel pane e nel vino? Carne e sangue, come a-
desso, come sempre. E carne e sangue gronderanno, non
piú per placare la morte, ma per raggiungere l'eterno che
li aspetta.

DEMETRA   Si direbbe che vedi il futuro. Come puoi dirlo?

DIONISO   Basta avere veduto il passato, Deò. Credi a me.
Ma ti approvo. Sarà sempre un racconto.

Il diluvio

Anche il diluvio greco fu il castigo di un genere umano che aveva perso il rispetto per gli dèi. Si sa che la terra venne poi ripopolata lanciando certi sassi.

(*Parlano un satiro e un'amadriade*).

AMADRIADE Mi domando cosa dicono di quest'acqua i mortali.

SATIRO Che ne sanno? La prendono. Qualcuno ci spera magari un migliore raccolto.

AMADRIADE A quest'ora la piena dei fiumi ha cominciato a sradicare le piante. Ormai piove sull'acqua dappertutto.

SATIRO Stanno tappati nelle grotte e nei tuguri sui monti. Ascoltano piovere. Pensano a quelli delle valli che combattono l'acqua, e s'illudono.

AMADRIADE Fin che dura la notte s'illudono. Ma domani, nella luce paurosa, quando vedranno un solo mare fino al cielo, e le montagne impiccolite, non rientreranno nelle grotte. Guarderanno. Si butteranno un sacco in testa e guarderanno.

SATIRO Li confondi con le bestie selvatiche. Nessun mortale sa capire che muore e guardare la morte. Bisogna che corra, che pensi, che dica. Che parli a quelli che rimangono.

AMADRIADE Ma stavolta nessuno rimane. Come faranno dunque?

SATIRO Qui li voglio. Quando sapranno di esser tutti condannati, tutti quanti, si daranno a far festa, vedrai. Magari verranno a cercare noialtri.

AMADRIADE O noi, che c'entriamo?

SATIRO C'entriamo sí. Siamo la festa, siamo vita per loro. Cercheranno la vita con noi fino all'ultimo.

AMADRIADE Non capisco che vita possiamo dar loro. Non sappiamo nemmeno morire. Tutto quanto sappiamo è guardare. Guardare e sapere. Ma tu dici che loro non guardano e non sanno rassegnarsi. Che altro possono chiederci?

SATIRO   Tante cose, capretta. Per loro noi siamo come bestie selvatiche. Le bestie nascono e muoiono come le foglie. Noi c'intravvedono sparire fra i rami e allora credono di noi non so che divino – che quando fuggiamo a na-
sconderci siamo la vita che perdura nel bosco – una vita
come la loro ma perenne, piú ricca. Cercheranno noi, ti
dico. Sarà l'ultima speranza che avranno.

AMADRIADE   Con quest'acqua? E che cosa faranno?

SATIRO   Non lo sai che cos'è una speranza? Crederanno
che un bosco dove siamo anche noi non potrà andar som-
merso. Si diranno che tutti proprio tutti gli uomini non
potranno sparire, altrimenti che senso ha esser nati e a-
verci conosciuto? Sapranno che i grandi, gli Olimpici, li
vogliono morti, ma che noi come loro come le piccole bestie, siamo insomma la vita la terra la cosa vera che conta. Le loro stagioni si riducono a feste, e noi siamo le
feste.

AMADRIADE   È comodo. A loro la speranza, a noi il destino. Ma è sciocco.

SATIRO   Non tanto. Qualchecosa salveranno.

AMADRIADE   Sí ma chi ha provocato gli dèi grandi? Chi
ha fatto tutto quel disordine, che anche il sole si velava
la faccia? Tocca a loro, mi pare. Gli sta bene.

SATIRO   Su, capretta, credi proprio a queste cose? Non
pensi che, se avessero veramente violata la vita, sarebbe
bastata la vita a punirli, senza bisogno che l'Olimpo ci si
mettesse col diluvio? Se qualcuno ha violato qualcosa,
credi a me, non sono loro.

AMADRIADE   Intanto gli tocca morire. Come staranno domani quando sapranno quel che accade?

SATIRO   Senti il torrente, piccolina. Domani saremo sot-
t'acqua anche noi. Ne vedrai delle brutte, tu che ami
guardare. Meno male che non possiamo morire.

AMADRIADE   Alle volte, non so. Mi chiedo che cosa sareb-
be morire. Quest'è l'unica cosa che davvero ci manca.
Sappiamo tutto e non sappiamo questa semplice cosa.
Vorrei provare, e poi svegliarmi, si capisce.

SATIRO   Sentila. Ma morire è proprio questo – non piú sapere che sei morta. Ed è questo il diluvio: morire in tanti
che non resti piú nessuno a saperlo. Cosí succede che verranno a cercare noialtri e ci diranno di salvarli e vorran-
no esser simili a noi, alle piante, alle pietre – alle cose in-
sensibili che sono mero destino. In esse si salveranno. Ri-

tirandosi l'acqua, riemergeranno pietre e tronchi, come prima. E i mortali non chiedono che questo come prima.

AMADRIADE   Strana gente. Loro trattano il destino e l'avvenire, come fosse un passato.

SATIRO   Questo vuol dire, la speranza. Dare un nome di ricordo al destino.

AMADRIADE   E tu credi che davvero si faranno tronchi e pietre?

SATIRO   Sanno favoleggiare, i mortali. Vivranno nell'avvenire secondo che il terrore di stanotte e di domani li avrà fatti fantasticare. Saran bestie selvatiche e rocce e piante. Saranno dèi. Oseranno uccidere gli dèi per vederli rinascere. Si daranno un passato per sfuggire alla morte. Non ci sono che queste due cose – la speranza o il destino.

AMADRIADE   Quand'è cosí, non so compiangerli. Dev'essere bello farsi da sé in questo modo a capriccio.

SATIRO   È bello sí. Ma non credere che lo sappiano di fare a capriccio. Le salvezze piú straordinarie le trovano alla cieca, quando già sono ghermiti e schiacciati dal destino. Non han tempo a godersi il capriccio. Sanno soltanto di pagare di persona. Questo sí.

AMADRIADE   Almeno questo diluvio servisse a insegnargli cos'è il gioco e la festa. Il capriccio che a noi immortali viene imposto dal destino e lo sappiamo – perché non imparano a viverlo come un attimo eterno nella loro miseria? Perché non capiscono che proprio la loro labilità li fa preziosi?

SATIRO   Tutto non si può avere, piccola. Noi che sappiamo, non abbiamo preferenze. E loro che vivono istanti imprevisti, unici, non ne conoscono il valore. Vorrebbero la nostra eternità. Questo è il mondo.

AMADRIADE   Domani sapranno qualcosa, anche loro. E i sassi e le terre che un giorno torneranno alla luce non vivranno di speranza soltanto o di angoscia. Vedrai che il mondo nuovo avrà qualcosa di divino nei suoi piú labili mortali.

SATIRO   Dio volesse, capretta. Piacerebbe anche a me.

Le Muse

Immenso tema. Chi scrive sa bene di avere osato non poco avvistando un solo nume nelle nove, o tre per tre, o soltanto tre, o anche due, Muse e Càriti. Ma è convinto di questa come di molte altre cose. In questo mondo che trattiamo, le madri sono sovente le figlie – e viceversa. Si potrebbe anche dimostrarlo. È necessario? Preferiamo invitare chi legge, a godersi il fatto che secondo i Greci le feste della fantasia e della memoria furono quasi sempre situate su monti, anzi su colline, rinnovate via via che questo popolo scendeva nella penisola.

(*Parlano Mnemòsine e Esiodo*).

MNEMÒSINE   In conclusione, tu non sei contento.

ESIODO   Ti dico che, se penso a una cosa passata, alle stagioni già concluse, mi pare di esserlo stato. Ma nei giorni è diverso. Provo un fastidio delle cose e dei lavori come lo sente l'ubriaco. Allora smetto e salgo qui sulla montagna. Ma ecco che a ripensarci mi par di nuovo di esser stato contento.

MNEMÒSINE   Cosí sarà sempre.

ESIODO   Tu che sai tutti i nomi, qual è il nome di questo mio stato?

MNEMÒSINE   Puoi chiamarlo col mio, o col tuo nome.

ESIODO   Il mio nome di uomo, Melete, non è nulla. Ma tu come vuoi essere chiamata? Ogni volta è diversa la parola che t'invoca. Tu sei come una madre il cui nome si perde negli anni. Nelle case e sui viottoli donde si scorge la montagna, si parla molto di te. Si dice che un tempo tu stavi su monti piú impervi, dove son nevi, alberi neri e mostri, nella Tracia o in Tessaglia, e ti chiamavano la Musa. Altri dice Calliòpe o Cliò. Qual è il nome vero?

MNEMÒSINE   Vengo infatti di là. E ho molti nomi. Altri ne avrò quando sarò discesa ancora... Aglaia, Egemòne, Faenna, secondo il capriccio dei luoghi.

ESIODO   Anche te il fastidio caccia per il mondo? Non sei dunque una dea?

MNEMÒSINE   Né fastidio né dea, mio caro. Oggi mi piace questo monte, l'Elicona, forse perché tu lo frequenti. Amo stare dove sono gli uomini, ma un poco in disparte. Io non cerco nessuno, e discorro con chi sa parlare.

ESIODO   O Melete, io non so parlare. E mi par di sapere qualcosa soltanto con te. Nella tua voce e nei tuoi nomi c'è il passato, ogni stagione che ricordo.

MNEMÒSINE   In Tessaglia il mio nome era Mneme.

ESIODO   Qualcuno che parla di te ti dice vecchia come la

tartaruga, decrepita e dura. Altri ti fanno ninfa acerba, come il boccio o la nuvola...

MNEMÒSINE   Tu che dici?

ESIODO   Non so. Sei Calliòpe e sei Mneme. Hai la voce e lo sguardo immortali. Sei come un colle o un corso d'acqua, cui non si chiede se son giovani o vecchi, perché per loro non c'è il tempo. Esistono. Non si sa altro.

MNEMÒSINE   Ma anche tu, caro, esisti, e per te l'esistenza vuol dire fastidio e scontento. Come t'immagini la vita di noialtri immortali?

ESIODO   Non me la immagino, Melete, la venero, come posso, con cuore puro.

MNEMÒSINE   Continua, mi piaci.

ESIODO   Ho detto tutto.

MNEMÒSINE   Vi conosco, voi uomini, voi parlate a bocca stretta.

ESIODO   Non possiamo far altro, davanti agli dèi, che inchinarci.

MNEMÒSINE   Lascia stare gli dèi. Io esistevo che non c'erano dèi. Puoi parlare, con me. Tutto mi dicono gli uomini. Adoraci pure se vuoi, ma dimmi come t'immagini ch'io viva.

ESIODO   Come posso saperlo? Nessuna dea mi ha degnato del suo letto.

MNEMÒSINE   Sciocco, il mondo ha stagioni, e quel tempo è finito.

ESIODO   Io conosco soltanto la campagna che ho lavorato.

MNEMÒSINE   Sei superbo, pastore. Hai la superbia del mortale. Ma sarà tuo destino sapere altre cose. Dimmi perché quando mi parli ti credi contento?

ESIODO   Qui posso risponderti. Le cose che tu dici non hanno in sé quel fastidio di ciò che avviene tutti i giorni. Tu dài nomi alle cose che le fanno diverse, inaudite, eppure care e familiari come una voce che da tempo taceva. O come il vedersi improvviso in uno specchio d'acqua, che ci fa dire «Chi è quest'uomo?»

MNEMÒSINE   Mio caro, ti è mai accaduto di vedere una pianta, un sasso, un gesto, e provare la stessa passione?

ESIODO   Mi è accaduto.

MNEMÒSINE   E hai trovato il perché?

ESIODO   È solo un attimo, Melete. Come posso fermarlo?

MNEMÒSINE   Non ti sei chiesto perché un attimo, simile a

tanti del passato, debba farti d'un tratto felice, felice come un dio? Tu guardavi l'ulivo, l'ulivo sul viottolo che hai percorso ogni giorno per anni, e viene il giorno che il fastidio ti lascia, e tu carezzi il vecchio tronco con lo sguardo, quasi fosse un amico ritrovato e ti dicesse proprio la sola parola che il tuo cuore attendeva. Altre volte è l'occhiata di un passante qualunque. Altre volte la pioggia che insiste da giorni. O lo strido strepitoso di un uccello. O una nube che diresti di aver già veduto. Per un attimo il tempo si ferma, e la cosa banale te la senti nel cuore come se il prima e il dopo non esistessero piú. Non ti sei chiesto il suo perché?

ESIODO   Tu stessa lo dici. Quell'attimo ha reso la cosa un ricordo, un modello.

MNEMÒSINE   Non puoi pensarla un'esistenza tutta fatta di questi attimi?

ESIODO   Posso pensarla sí.

MNEMÒSINE   Dunque sai come vivo.

ESIODO   Io ti credo, Melete, perché tutto tu porti negli occhi. E il nome di Euterpe che molti ti dànno non mi può piú stupire. Ma gli istanti mortali non sono una vita. Se io volessi ripeterli perderebbero il fiore. Torna sempre il fastidio.

MNEMÒSINE   Eppure hai detto che quell'attimo è un ricordo. E cos'altro è il ricordo se non passione ripetuta? Capiscimi bene.

ESIODO   Che vuoi dire?

MNEMÒSINE   Voglio dire che tu sai cos'è vita immortale.

ESIODO   Quando parlo con te mi è difficile resisterti. Tu hai veduto le cose all'inizio. Tu sei l'ulivo, l'occhiata e la nube. Dici un nome, e la cosa è per sempre.

MNEMÒSINE   Esiodo, ogni giorno io ti trovo quassú. Altri prima di te ne trovai su quei monti, sui fiumi brulli della Tracia e della Pieria. Tu mi piaci piú di loro. Tu sai che le cose immortali le avete a due passi.

ESIODO   Non è difficile saperlo. Toccarle, è difficile.

MNEMÒSINE   Bisogna vivere per loro, Esiodo. Questo vuol dire, il cuore puro.

ESIODO   Ascoltandoti, certo. Ma la vita dell'uomo si svolge laggiú tra le case, nei campi. Davanti al fuoco e in un letto. E ogni giorno che spunta ti mette davanti la stessa fatica e le stesse mancanze. È un fastidio alla fine, Melete. C'è una burrasca che rinnova le campagne – né la

morte né i grossi dolori scoraggiano. Ma la fatica interminabile, lo sforzo per star vivi d'ora in ora, la notizia
del male degli altri, del male meschino, fastidioso come
mosche d'estate – quest'è il vivere che taglia le gambe,
Melete.

MNEMÒSINE   Io vengo da luoghi piú brulli, da burroni
brumosi e inumani, dove pure si è aperta la vita. Tra questi ulivi e sotto il cielo voi non sapete quella sorte. Mai
sentito cos'è la palude Boibeide?

ESIODO   No.

MNEMÒSINE   Una landa nebbiosa di fango e di canne, co-
m'era al principio dei tempi, in un silenzio gorgogliante.
Generò mostri e dèi di escremento e di sangue. Oggi ancora i Téssali ne parlano appena. Non la mutano né tempo né stagioni. Nessuna voce vi giunge.

ESIODO   Ma intanto ne parli, Melete, e le hai fatto una sorte divina. La tua voce l'ha raggiunta. Ora è un luogo terribile e sacro. Gli ulivi e il cielo d'Elicona non son tutta
la vita.

MNEMÒSINE   Ma nemmeno il fastidio, nemmeno il ritorno alle case. Non capisci che l'uomo, ogni uomo, nasce in
quella palude di sangue? e che il sacro e il divino accompagnano anche voi, dentro il letto, sul campo, davanti alla fiamma? Ogni gesto che fate ripete un modello divino.
Giorno e notte, non avete un istante, nemmeno il piú futile, che non sgorghi dal silenzio delle origini.

ESIODO   Tu parli, Melete, e non posso resisterti. Bastasse
almeno venerarti.

MNEMÒSINE   C'è un altro modo, mio caro.

ESIODO   E quale?

MNEMÒSINE   Prova a dire ai mortali queste cose che sai.

Gli dèi

— Il monte è incolto, amico. Sull'erba rossa dell'ultimo inverno ci son chiazze di neve. Sembra il mantello del centauro. Queste alture sono tutte cosí. Basta un nonnulla, e la campagna ritorna la stessa di quando queste cose accadevano.

— Mi domando se è vero che li hanno veduti.

— Chi può dirlo? Ma sí, li han veduti. Han raccontato i loro nomi e niente piú – è tutta qui la differenza tra le favole e il vero. «Era il tale o il tal altro», «Ha fatto questo, ha detto quello». Chi è veritiero, si accontenta. Non sospetta nemmeno che potranno non credergli. I mentitori siamo noi che non abbiamo mai veduto queste cose, eppure sappiamo per filo e per segno di che mantello era il centauro o il colore dei grappoli d'uva sull'aia d'Icario.

— Basta un colle, una vetta, una costa. Che fosse un luogo solitario e che i tuoi occhi risalendolo si fermassero in cielo. L'incredibile spicco delle cose nell'aria oggi ancora tocca il cuore. Io per me credo che un albero, un sasso profilati sul cielo, fossero dèi fin dall'inizio.

— Non sempre queste cose sono state sui monti.

— Si capisce. Ci furono prima le voci della terra – le fonti, le radici, le serpi. Se il demone congiunge la terra col cielo, deve uscire alla luce dal buio del suolo.

— Non so. Quella gente sapeva troppe cose. Con un semplice nome raccontavano la nuvola, il bosco, i destini. Videro certo quello che noi sappiamo appena. Non avevano né tempo né gusto per perdersi in sogni. Videro cose tremende, incredibili, e nemmeno stupivano. Si sapeva cos'era. Se mentirono quelli, anche tu allora, quando dici «è mattino» o «vuol piovere», hai perduto la testa.

— Dissero nomi, questo sí. Tanto che a volte mi domando se furono prima le cose o quei nomi.

— Furono insieme, credi a me. E fu qui, in questi paesi

incolti e soli. C'è da stupirsi che venissero quassú? Che altro potevano cercarci quella gente se non l'incontro con gli dèi?

— *Chi può dire perché si fermarono qui? Ma in ogni luogo abbandonato resta un vuoto, un'attesa.*

— *Nient'altro è possibile pensare quassú. Questi luoghi hanno nomi per sempre. Non rimane che l'erba sotto il cielo, eppure l'alito del vento dà nel ricordo piú fragore di una bufera dentro il bosco. Non c'è vuoto né attesa. Quel che è stato, è per sempre.*

— *Ma son morti e sepolti. Adesso i luoghi sono come erano prima di loro. Voglio concederti che quello che hanno detto fosse vero. Che cos'altro rimane? Ammetterai che sul sentiero non s'incontrano piú dèi. Quando dico «è mattino» o «vuol piovere», non parlo di loro.*

— *Questa notte ne abbiamo parlato. Ieri parlavi dell'estate, e della voglia che ti senti di respirare l'aria tiepida la sera. Altre volte discorri dell'uomo, della gente che è stata con te, dei tuoi gusti passati, d'incontri inattesi. Tutte cose che furono un tempo. Io, ti assicuro, ti ho ascoltato come riascolto dentro me quei nomi antichi. Quando racconti quel che sai, non ti rispondo «cosa resta?» o se furono prima le parole o le cose. Vivo con te e mi sento vivo.*

— *Non è facile vivere come se quello che accadeva in altri tempi fosse vero. Quando ieri ci ha preso la nebbia sugli incolti e qualche sasso rotolò dalla collina ai nostri piedi, non pensammo alle cose divine né a un incontro incredibile ma soltanto alla notte e alle lepri fuggiasche. Chi siamo e a che cosa crediamo viene fuori davanti al disagio, nell'ora arrischiata.*

— *Di questa notte e delle lepri sarà bello riparlare con gli amici quando saremo nelle case. Eppure di questa paura ci tocca sorridere, quando pensassimo all'angoscia della gente di un tempo cui tutto quello che toccava era mortale. Gente per cui l'aria era piena di spaventi notturni, di arcane minacce, di ricordi paurosi. Pensa soltanto alle intemperie o ai terremoti. E se questo disagio fu vero, com'è indiscutibile, fu anche vero il coraggio, la speranza, la scoperta felice di poteri di promesse d'incontri. Io, per me, non mi stanco di sentirli parlare dei loro terrori notturni e delle cose in cui sperarono.*

— *E credi ai mostri, credi ai corpi imbestiati, ai sassi vivi, ai sorrisi divini, alle parole che annientavano?*

— *Credo in ciò che ogni uomo ha sperato e patito. Se un*

*tempo salirono su queste alture di sassi o cercarono paludi
mortali sotto il cielo, fu perché ci trovavano qualcosa che
noi non sappiamo. Non era il pane né il piacere né la cara sa-
lute. Queste cose si sa dove stanno. Non qui. E noi che viviamo lontano lungo il mare o nei campi, l'altra cosa l'abbiamo perduta.*

    — *Dilla dunque, la cosa.*
    — *Già lo sai. Quei loro incontri.*

Note al testo

Una minuta di frontespizio reca il titolo *Uomini e dèi* cancellato e sostituito da *Dialoghi con Leucò*; la data *27 febbraio 1946, Roma*; un'epigrafe latina cancellata: *O fortes peioreque passi | mecum saepe viri... | cras ingens iterabimus æquor.*

Un foglietto datato *27 febbraio* (*1946*), ma con alcune aggiunte posteriori (*L'inconsolabile, Il fiore, La nube*), reca questo indice tematico:

I due	(*infanzia salvezza*)
La madre	(*infanzia tragica*)
In famiglia	(*fato familiare*)
Gli Argonauti	(*fato sessuale*)
Schiuma d'onda	(*sesso tragico*)
La belva	(*sonno divino-sessuale*)
L'inconsolabile	(*liberazione dal sesso*)
Le Muse	(*uomo divino*)
Il fiore	(*schiacciamento e poesia*)
La rupe	(*combattimento*)
La Chimera	(*sconfitta*)
La nube	(*audacia e sconfitta*)
Le streghe	(*intangibilità*)

Un abbozzo dello stesso indice, presumibilmente precedente, porta le stesse definizioni e lo stesso ordine per i titoli fino a *Schiuma d'onda* compreso, e prosegue poi in questo modo:

Le Muse	(*uomo divino*)
La rupe	(*uomo combattente*)
La Chimera	(*uomo sconfitto*)
La belva	(*uomo schiacciato*)
Le streghe	(*uomo intangibile*)

Un indice in data *5 aprile 1946* reca:

La nube	
La Chimera	
Il fiore	(*iniquità divine*)
La belva	
Schiuma d'onda	
La madre	(*tristezza umana*)
I due	
La strada	
L'inconsolabile	
La rupe	(*ribellione confortevole*)
Le streghe	
In famiglia	(*ironia*)
Gli Argonauti	
Le Muse	(*poetica*)

In margine a questi e in altri appunti, Pavese abbozza una tabella che gli permette di contare quanti dialoghi riguardano gli Dèi (D) e quanti gli Uomini (U). In seguito sviluppa questi appunti in due tabelle, datate *12 aprile* (1946) e aggiornate posteriormente, una riguardante *Chi parla* (con per ascisse i titoli dei dialoghi, per ordinate le colonne: *Dèi, Dee, Uomini, Donne*, e segnando per ogni dialogo i nomi dei personaggi nella colonna corrispondente), un'altra riguardante *di chi si parla* che qui riportiamo, con le somme segnate in calce a ogni colonna:

di chi si parla

	Dèi	Dee	Uomini	Donne
Nube	Dèi (Titani)			
Chimera	Dèi (Chimera)		Bellerofonte	
Fiore	Apollo		Jacinto	
Belva		Artemide		
Schiuma		Afrodite		Elena (Donne)
Madre				Atalanta
Uomini	Zeus			
Due			Bimbi	
Strada	Destino (Sfinge)			
Dèi	Dèi			
Inconsolabile				Euridice
Lago			Ippolito	
I fuochi			Atamante	
Rupe	Dèi (Titani)			
Streghe			Odisseo	
Vigna	Dioniso		Teseo	
Famiglia		Artemide	Atridi	Elena
Toro				Ariadne
Argonauti				Medea (donne)
Diluvio			Uomini	
Mistero			Icario	Erigone
Muse		Muse		
Ospite			Licaone	Callisto
Cavalle	Apollo		Asclepio	Coronide
	10	9	22	9

(Va notato che il titolo *L'ospite* è attribuito al dialogo *L'uomo-lupo*).

Un foglietto scritto a matita reca:

Ordine cronologico

personaggi {
Le streghe
La belva
La madre
La rupe
Schiuma d'onda
I due
Gli Argonauti

concetti {
Le Muse
La Chimera
Avvertenza
In famiglia
Il fiore
La nube
L'inconsolabile
La strada
Il mistero
Il diluvio
Il lago
I ciechi
La vigna
                              Milano, 3 agosto 1946
Il toro
L'isola
I fuochi

e sul verso:

22 febbraio 1947, Torino

L'ospite
Le cavalle
Gli dèi
L'uomo-lupo
Gli uomini

In un indice dattiloscritto, con una data a matita *12 settembre 1946* e con aggiunti a penna i titoli: *Le cavalle, I fuochi, L'ospite* e le indicazioni tematiche, leggiamo:

Dialoghi con Leucò

Mondo titanico × dèi nequizie divine {
La nube
La Chimera
I ciechi
Le cavalle
Il fiore
La belva
Schiuma d'onda

Tragedia di uomini schiacciati dal destino {
La madre
I due
La strada

$$
\text{Salvezze}\\
\text{umane e}\\
\text{dèi in imbarazzo}
\left\{
\begin{array}{l}
\textit{L'inconsolabile}\\
\textit{Il lago}\\
\textit{La nube}\\
\textit{Le streghe}\\
\textit{La vigna}\\
\textit{L'isola}\\
\textit{In famiglia}\\
\textit{Il toro}\\
\textit{I fuochi}\\
\textit{L'ospite}\\
\textit{Gli Argonauti}
\end{array}
\right.
$$

$$
\text{Dèi buoni}
\left\{
\begin{array}{l}
\textit{Il mistero}\\
\textit{Il diluvio}\\
\textit{Le Muse}
\end{array}
\right.
$$

In un altro indice dattiloscritto senza data, con qualche variazione nell'ordine, e che porta aggiunti a penna i titoli *Le cavalle*, *L'ospite*, *Gli dèi*, le indicazioni tematiche sono annotate in margine in quest'ordine ma senza un segno di divisione netta tra i dialoghi cui si riferiscono:

> caos × dèi
> umanità schiacciata
> umanità tragica
> umanità sorridente e dèi

Per il «risvolto di sopracoperta» della prima edizione del volume (ottobre 1947), P. stesso scrisse questo testo di presentazione:

Cesare Pavese, che molti si ostinano a considerare un testardo narratore realista, specializzato in campagne e periferie americano-piemontesi, ci scopre in questi Dialoghi *un nuovo aspetto del suo temperamento. Non c'è scrittore autentico, il quale non abbia i suoi quarti di luna, il suo capriccio, la musa nascosta, che a un tratto lo inducono a farsi eremita. Pavese si è ricordato di quand'era a scuola e di quel che leggeva: si è ricordato dei libri che legge ogni giorno, degli unici libri che legge. Ha smesso per un momento di credere che il suo totem e tabú, i suoi selvaggi, gli spiriti della vegetazione, l'assassinio rituale, la sfera mitica e il culto dei morti, fossero inutili bizzarrie e ha voluto cercare in essi il segreto di qualcosa che tutti ricordano, tutti ammirano un po' straccamente e ci sbadigliano un sorriso. E ne sono nati questi* Dialoghi.

Di ogni dialogo diamo la data di composizione, segnata da P. sui manoscritti. La data d'inizio del piú antico (*Le streghe*) è il 13 dicembre 1945; la data di compimento dell'ultimo (*Gli uomini*) è il 31 marzo 1947. Gran parte dei dialoghi sono stati scritti a Roma, dove P. visse dall'agosto 1945 al maggio 1946; tra giugno e settembre del 1946 fu a Torino poi di nuovo a Roma poi a Milano (e qualche giorno in campagna); dall'ottobre 1946 in poi tornò a stabilirsi definitivamente a Torino.

Nei giorni 8-9 marzo 1946 sono state scritte tutte le «notizie» che precedono i dialoghi anteriori a quella data.

L'«avvertenza» è stata scritta il 20 febbraio 1946 e riportata in quella data anche nel diario.

Il titolo è citato forse per la prima volta in una lettera a un'amica del 27 marzo 1946: *Ho trovato il titolo collettivo dei dialoghetti: Dialoghi con Leucò. Eh?*

La nube   (21-27 marzo 1946).

Nella minuta, alla 2ª battuta di ISSIONE: *Nulla è mutato sopra i monti (di Tessaglia) (dei Lapiti)*. Alla 6ª battuta de LA NUBE, l'ultima frase: *(Anch'io devo lasciarti) (Noi dobbiamo lasciarci), Issione*.

La Chimera   (12-16 febbraio 1946).

Nella minuta, la prima riga, subito corretta, era: *(parlano Bellerofonte e Ippòloco)*. Alla attuale 4ª battuta di SARPEDONTE (fusa con la 3ª e che si chiudeva con: *Maledice gli dèi*) seguiva una battuta di IPPÒLOCO: *Che altro può fare, Sarpedonte? È la sua fine. Siamo tutti del sangue di Sisifo. Che gli è servito a Bellerofonte viver giusto?*

I ciechi   (5-8 luglio 1946).

Le cavalle   (25-26 febbraio 1947).

La minuta è accompagnata da un foglio datato 24 febbraio, contenente la nota che figura nel diario *Il mestiere di vivere* (sotto la stessa data e seguito dalla didascalia *Per i Dialoghi*):

Crono era mostruoso ma regnava su età dell'oro. Venne vinto e ne nacque l'Ade (Tartaro), l'isola Beata e l'Olimpo, infelicità e felicità contrapposte e istituzionali.
L'età titanica (mostruosa e aurea) è quella di uomini-mostri-dèi indifferenziati. Tu consideri la realtà come sempre titanica, cioè come caos umano-divino (= mostruoso), ch'è la forma perenne della vita. Presenti gli dèi olimpici, superiori, felici, staccati, come i guastafeste di questa umanità, cui pure gli olimpici usano favori nati da nostalgia titanica, da capriccio, da pietà radicata in quel tempo.

In calce allo stesso foglio, i seguenti appunti:

Ermete ctonio | (Trofonio) | Enodio
figlio di Coronide (fr. 122) e Ischio arcade.

    f. di Flegia equestre
    Asclepio
coronide a Laceria | colli del Dídimo | pian di Loto | davanti ai vign. d'Amiro.
Chirone | f. di Crono e Filira | f. di Melanippe (cavalla nera) Chirone e Ermete ctonio elogiano l'amore bestiale (itifallico e cavalli) per la Coronide che per mettersi con l'Apollo capitò male.

Da una lettera di P. a Mario Untersteiner del 7 maggio 1948: *Ricevo ora la Sua cartolina. Grazie del consiglio. La* Thessalische Mythologie *della Philippson, insieme a quell'altro studio minore sulla* Genealogie, *farebbero certo un bel libro. Ma il problema è fino a che punto piacerebbero a un pubblico non specialista. Ci penserò. A me quel libro ha fatto un grande effetto, e un dialogo del mio* Leucò: Le cavalle, *ne è tutto intriso.*

Gli studi in questione furono poi tradotti e pubblicati nella « Collezione di studi religiosi, etnologici e psicologici »: Paula Philippson, *Origini e forme del mito greco*, a cura di Angelo Brelich, prefazione di Ernesto De Martino, Torino 1949.

Il fiore   (28 febbraio - 2 marzo 1946).

La belva   (18-20 dicembre 1945).

Lo STRANIERO, il « dio viandante », è Ermete; cosí è designato nella colonna « Dèi » della tabella « Chi parla » (vedi sopra).
Un foglio, evidentemente precedente alla prima stesura, reca una serie di battute staccate da utilizzare in questo dialogo:

– *Mi guarda cosí dolce, ma per le altre cose ha un sorriso, un lampo, un impietramento crudele. Ah il giorno che mi darà quell'occhiata!*
– *Io so che non sono bello, non dico per questo. Io tremo a esser stato scelto.*
– *l'ho detto a te, come a straniero e passante, sei un poco divino.*
STR.: *Bada, tu conosci la leggenda di quel (pastore) (l'indiscreto) (Atteone)...?*
– *Cercato i corni (? parola incomprensibile) delle capriuole.*
– *Mai conosciuto persona che fosse molte cose insieme, le portasse con sé? Lei le porta e le è.*
– *Quel giorno sarò sangue sparso davanti a lei, sarò (boccone nelle fauci) (carne nella bocca) del cane che accarezzo e che fisso severo quando fallisce il balzo.*
– *Come sopporti cose tali, Endimione?*

La battuta del *sangue sparso* in una prima stesura era posta piú avanti, e attribuita allo STRANIERO. Dopo: *saprai perché ti ha risparmiato il suo sorriso,* seguivano queste battute, probabilmente come finale del dialogo:

END.: *Ma l'ho veduto. È terra e cielo.*
STR.: *Endimione, è la morte. Quel giorno sarai sangue sparso, sarai carne nella bocca del cane che lei nutre e accarezza.*
END.: *Questo chiedo e farò. Dimmi, straniero.*

Schiuma d'onda   (12-19 gennaio 1946).

Da una copia dattiloscritta, in margine alla battuta di SAFFO: *Lo so, Britomarti, lo so. Ma le hai seguite nel loro cammino? Ci fu quella* ecc., P. ha segnato a matita i nomi delle donne sventurate di cui viene fatta allusione, nell'ordine: *Fedra, Ariadne, Andromaca, Cassandra, Medea, Io, Elle, Scilla.*

La madre   (26-28 dicembre 1945).

La fine della 5ª battuta di Meleagro (*Qui è la pena. Non è nulla un nemico*) aveva avuto varianti piú diffuse: *Non fu paura, Ermete, ho scannato cinghiali – vedere il proprio destino negli occhi di un nemico. Non è nulla un nemico – ho scannato cinghiali – ma sentire la propria sorte nelle mani di chi è vicino è la pena.*

I due   (18-20 gennaio 1946).

Nella minuta, titolo cancellato: *La morte.*

La strada   (7-12 aprile 1946).

Nella minuta, tre battute cancellate al principio: MENDICANTE: *In-somma, smettila Edipo. Sei vecchio, succede a tutti; sei cieco, te lo sei voluto; sei povero da signore che eri – ringrazia che sei stato signore e hai mangiato, hai bevuto, hai dormito in un letto. Chi è morto sta peggio.* EDIPO: *Tu non capisci...* M.: *Che una volta eri giovane? Sta tranquillo che invecchiano tutti. Chi credi di essere?*

La rupe   (5-8 gennaio 1946).

La « notizia » introduttiva inizia nel manoscritto con una frase poi eliminata: *La notizia che Chirone centauro fosse destinato a riscat-tare col suo sangue la libertà di Prometeo ci è conservata da Ate-neo (25, 26). Qui importa osservare che nella storia del mondo* ecc.

Nella 10ª battuta di PROMETEO, dopo *e vissi in un mondo senza dèi*, alcune righe cancellate nella minuta: *Aiutai la tua stirpe (e fui uno di voi) che mi fece pietà. Contro il destino, Eracle. E giun-si al punto di voler morire.*

L'inconsolabile   (30 marzo - 3 aprile 1946).

In minuta, una prima stesura della « notizia»: *Che le feste di Dioniso alludessero a morte e rinascita, e come tutto ciò che è sesso ebrezza e sangue richiami al mondo sotterraneo, salta agli occhi. Il tracio Orfeo, viandante dell'Ade, cantore sovrano e vitti-ma lacerata come Dioniso stesso, è figura ricchissima passibile an-cora di molte interpretazioni.*

In un primo foglio di minuta, il dialogo iniziava con la battuta di BACCA: *Orfeo, non posso crederti,* ecc. ORFEO: *Ti ripeto che ho fatto apposta a voltarmi. Ne avevo abbastanza di questi pensieri. E di' pure a quelle altre che mi vengono dietro che, se potessi vol-tandomi cacciare anche loro all'inferno, lo farei.*

L'uomo-lupo   (15-16 marzo 1947).

L'ospite   (22-23 febbraio 1947).

I fuochi   (18-21 settembre 1946).

L'isola   (8-11 settembre 1946).

L'ultima battuta di ODISSEO, in una precedente stesura, era: *Cer-cando un'isola, ho trovato te.*

Il lago   (28-30 giugno 1946).

Le streghe   (13-15 dicembre 1945).

Nella prima stesura della minuta Leucò si chiamava Leucina. Va-rianti del finale: seguito della penultima battuta di Circe, dopo *ras-segnati*: *Io so che nessuno di loro cambierebbe il suo passato e il suo avvenire col nostro eterno presente. Chi di loro ha accettato, ha prima dovuto morire.* L.: *Circe, perché non l'hai ucciso allora?* C.: *Io fui Penelope, Leucina | Sono una dea e non il destino. | L'ho negli occhi e sorrido. Quel che è stato sarà.* L.: *Circe, tu di-mentichi i lupi.*

Il toro   (11-18 agosto 1946).

In un foglietto datato 23 giugno trovato tra le minute delle poesie, si leggono due battute, probabilmente un primo appunto per questo dialogo:

– *Non hai promesso a tuo padre che cambiavi le vele?*
– *Un padre non sa quello che fanno i figli.*

In famiglia   (21-24 febbraio 1946).

In una lettera a un'amica del 26 febbraio 1946, P. scrive: *Stamattina ti ho mandato un altro dialoghetto* In famiglia *che credo ti piacerà. C'è il solito problema della donna fatale, ma ironizzato.* Nella minuta, la penultima battuta di CASTORE: *Hanno bisogno della vergine crudele* (Di Artemide, Poli). (Di quella che non ha nome). (Di quella che vive sui monti). (Le imbandivano i figli, in passato).

Gli Argonauti   (24-25 gennaio 1946).

Nella «notizia» l'aggettivo *cara* riferito alla tragedia di Euripide, passò attraverso una serie di correzioni e oscillazioni, *simpatica; eccellente a noi giunta; realistica; lineare; celebre; una sua «Casa di bambola».* Dopo *tragedia*, esisteva una frase finale, in seguito cancellata: *Ma non sarà inutile consultare su questa storia anche il poema di Apollonio di Rodi.*
Alla 9ª battuta di Iasone, in margine della minuta, questo appunto: *cominciammo a pensare che fatto questo (violato la seta), avremmo dovuto, per essere all'altezza, fare cose titaniche.*

La vigna   (26-31 luglio 1946).

La prima pagina della minuta porta in testa un appunto datato *20 luglio* col titolo *Osservaz. da evitare*, che si riferisce probabilmente a un altro testo: *Dopo ogni sorso il bevitore torce la testa, dibatte la faccia come il nuotatore, soddisfatto, torna a bere, è comico.* Piú sotto, appunti in margine: *Dioniso | vite | pino | nel tirso | fico | edera | nel sangue | melograni | Toro o capro | vaglio.*

Gli uomini   (29-31 marzo 1947).

Nella minuta porta il titolo *L'uomo.*

Il mistero   (6-7 maggio 1946).

Il diluvio   (26 maggio - 6 giugno 1946).

Intitolato dapprima *La pioggia.*

Le Muse   (30 gennaio - 1° febbraio 1946).

Nel manoscritto la «notizia» termina con una frase in seguito cancellata: *Della palude Boibeide tocca Properzio (Fasti).*

Gli dèi   (9-11 marzo 1947).

Il titolo nella minuta è corretto in *I luoghi.*

Appendice

La *Bibliografia ragionata* e l'*Antologia della critica* sono a cura di Silvia Savioli.

Cronologia della vita e delle opere

1908 9 settembre: nasce a Santo Stefano Belbo (Cuneo) da Eugenio, cancelliere di tribunale, e Consolina Mesturini.

1914 Prima elementare a Santo Stefano.

1915-26 Studia a Torino: elementari (istituto Trombetta); ginnasio inferiore (istituto Sociale); ginnasio superiore (Cavour); liceo (Massimo d'Azeglio). Il professore d'italiano e latino è Augusto Monti, gli amici Enzo Monferrini, Tullio Pinelli, Mario Sturani, Giuseppe Vaudagna.

1926-29 Facoltà di Lettere e Filosofia: studia con passione le letterature classiche e quella inglese. Frequenta altri amici, sempre del clan (o «Confraternita») Monti: Norberto Bobbio, Leone Ginzburg, Massimo Mila. Si apre alla letteratura americana, vagheggiando, senza ottenerla, una borsa alla Columbia University. Altri compagni via via lo affiancano: Franco Antonicelli, Giulio Carlo Argan, Vittorio Foa, Ludovico Geymonat, Giulio Einaudi.

1930 Si laurea su Walt Whitman con Ferdinando Neri. Non riesce a essere accolto come assistente all'Università. Ottiene alcune supplenze fuori Torino, avvia i primi rapporti editoriali come traduttore dall'inglese (*Il nostro signor Wrenn* di Sinclair Lewis, premio Nobel dell'anno, per Bemporad), scrive racconti e poesie. Novembre: gli muore la madre Consolina (il padre è scomparso nel 1914).

1931 Ancora supplenze, ancora saggi, poesie e racconti, ancora traduzioni. Gennaio: Federico Gentile, per la Treves-Treccani-Tumminelli, gli commissiona la traduzione di *Moby Dick* di Herman Melville, che uscirà nel '32 da un nuovo editore, il torinese Carlo

Frassinelli. Febbraio: raccoglie in una silloge mano-
scritta dal titolo *Ciau Masino* i venti racconti che è
venuto scrivendo dall'ottobre '31 sino ad allora (il
libro uscirà postumo soltanto nel 1968). Ha preso a
pubblicare sulla «Cultura» saggi su scrittori ameri-
cani (dopo S. Lewis nel 1930, escono due suoi studi
su S. Anderson e E. L. Masters).

1933   Escono sulla «Cultura» tre suoi saggi su J. Dos Passos, T. Dreiser e W. Whitman. Si iscrive al Partito
Nazionale Fascista: ottiene cosí la prima supplenza
nel «suo» d'Azeglio. Novembre: Giulio Einaudi iscrive la sua casa editrice alla Camera di Commercio.

1934   Frassinelli pubblica la sua traduzione di *Dedalus* di
Joyce. Invia le poesie, raccolte sotto il titolo *Lavorare stanca*, per il tramite di Leone Ginzburg, ad Alberto Carocci, che le pubblicherà nel 1936 presso
Parenti, a Firenze, nelle Edizioni di Solaria (la seconda, nuova edizione uscirà presso Einaudi nel
1943). Maggio: sostituisce Leone Ginzburg, arresta-
to per attività sovversiva, alla direzione della «Cultura» sino al gennaio 1935.

1935   Mondadori pubblica le sue traduzioni di due romanzi di Dos Passos, *Il 42° parallelo* e *Un mucchio di
quattrini*. Relazione con Battistina Pizzardo (Tina),
insegnante, comunista. Maggio: la redazione della
«Cultura» è tratta in arresto alle Carceri Nuove di
Torino. Giugno: è tradotto a Regina Coeli, a Roma.
Luglio: gli viene comminato il confino, per tre anni,
a Brancaleone Calabro, sullo Ionio, e vi giunge il 3
agosto.

1936   Marzo: gli viene concesso il condono del confino e il
19 è a Torino, dove apprende che Tina si è fidanza-
ta con un altro e s'appresta al matrimonio. La crisi è
per lui molto violenta.

1937   La ripresa della collaborazione con Einaudi gli ridà
qualche energia e speranza. Lavora altresí per Mondadori (traduzione di *Un mucchio di quattrini* di John
Dos Passos) e per Bompiani (*Uomini e topi* di John
Steinbeck). Scrive molti racconti e liriche, le cosid-
dette «Poesie del disamore».

1938   Finisce di tradurre per Einaudi *Fortune e sfortune del-
        la famosa Moll Flanders* di Daniel Defoe e *Autobio-
        grafia di Alice Toklas* di Gertrude Stein, editi nel-
        l'anno. Il 1° maggio è «asservito completamente alla
        casa editrice», cioè finalmente assunto: deve tradur-
        re (sino a) 2000 pagine, rivedere traduzioni altrui,
        esaminare opere inedite, e svolgere lavori vari in re-
        dazione. Scrive diversi racconti.

1939   Conclude per Einaudi la traduzione di *Davide Cop-
        perfield* di Dickens, pubblicato nel corso dell'anno.
        Aprile: termina la stesura del romanzo *Memorie di
        due stagioni* (nel 1948, *Il carcere*, nel volume *Prima
        che il gallo canti*). Giugno-agosto: scrive il romanzo
        Paesi tuoi.

1940   Per Einaudi, nei radi intervalli che il lavoro edito-
        riale gli concede (è ritenuto dai colleghi un redatto-
        re infaticabile), traduce *Benito Cereno* di Melville e
        Tre esistenze della Stein. Marzo-maggio: stesura del
        romanzo *La tenda* (nel 1949, *La bella estate*). Rein-
        contra una ex allieva, Fernanda Pivano.

1941   Esce a puntate su «Lettere d'Oggi» il romanzo bre-
        ve *La spiaggia* la cui stesura è compresa tra il novem-
        bre precedente e il gennaio di quest'anno: il libro ve-
        drà la luce presso la stessa sigla nel 1942. Maggio:
        esce *Paesi tuoi*, che segna la sua consacrazione come
        narratore.

1942-44 Il ruolo di Pavese nella Einaudi aumenta giorno do-
        po giorno. Senza essere formalmente il direttore edi-
        toriale (carica che Giulio Einaudi gli riconoscerà so-
        lo a guerra finita), lo è di fatto. Nella primavera 1943
        è a Roma, a lavorare nella filiale con Mario Alicata,
        Antonio Giolitti e Carlo Muscetta. L'8 settembre
        1943 la casa editrice Einaudi è posta sotto la tutela
        di un commissario. Pavese si trasferisce a Serralunga
        di Crea. A dicembre dà ripetizioni nel collegio dei
        Padri Somaschi a Trevisio, presso Casale Monferra-
        to, dove, sotto falso nome (Carlo de Ambrogio), si
        trattiene sino al 25 aprile 1945.

1945   Dopo la Liberazione, viene riaperta la sede torinese
        dell'Einaudi, ora in corso Galileo Ferraris. Pavese è
        ormai il factotum della casa editrice e riprende, uno
        a uno, i contatti con i collaboratori, interrotti du-

rante i venti mesi dell'occupazione tedesca. Nell'agosto si trasferisce a Roma e coordina anche la sede di via Uffici del Vicario 49.

1946   Intenso lavoro a Roma, avvio di nuove collane e iniziative (Santorre Debenedetti e i classici italiani, Franco Venturi e le scienze storiche, De Martino e l'etnologia). Agosto: rientro a Torino. Novembre: esce *Feria d'agosto*.

1947   Escono, nel corso dell'anno, *Dialoghi con Leucò* (la cui stesura è compresa tra il dicembre '45 e la primavera '47) e *Il compagno*, nonché la traduzione di *Capitano Smith* di Robert Henriques e l'introduzione a *La linea d'ombra* di Conrad.

1948   Esordio della «Collezione di studi religiosi, etnologici, e psicologici», codiretta con Ernesto De Martino. Giugno-ottobre: stesura de *Il diavolo sulle colline*.

1949   Marzo-maggio: stesura del romanzo breve *Tra donne sole*. Novembre: esce *La bella estate*, che comprende il racconto omonimo, *Il diavolo sulle colline*, *Tra donne sole*. Settembre-novembre: stesura de *La luna e i falò*.

1950   Aprile: esce *La luna e i falò*. Una nuova crisi sentimentale (l'attrice americana Constance Dowling, per la quale ha scritto molti soggetti), intensa produzione poetica. Giugno: riceve il premio Strega per *La bella estate*. Agosto: la notte del 26 si uccide nell'albergo Roma di Torino.

Bibliografia ragionata

I. LE EDIZIONI

I. I. Le precedenti edizioni dei *Dialoghi con Leucò* sono le seguenti:

Dialoghi con Leucò, Einaudi, Torino 1947 (collana «Saggi»).
Dialoghi con Leucò, Einaudi, Torino 1947 (collana «Nuovi Coralli»).
Dialoghi con Leucò, Einaudi, Torino 1968 (collana «Opere di Pavese», con note al testo a cura di Ítalo Calvino).
Dialoghi con Leucò, Mondadori, Milano 1966 (collana «Il Bosco», n. 172).
Dialoghi con Leucò, Mondadori, Milano 1976 (collana «Oscar», n. 380; cronologia a cura di Antonio Pitamitz e nota introduttiva di R. Cantini).

Dei singoli volumi einaudiani si è giunti alla trentesima ristampa.

I. 2. Fra le traduzioni piú significative dei *Dialoghi con Leucò* vanno segnalate:

Gespräche mit Leuko, aus dem Italienischen von Catharina Gelpke, Claassen Verlag, Hamburg-Düsseldorf 1958.
Dialogues avec Leucò, trad. par André Cœuroy, Gallimard, Paris 1959.
Dialogs with Leucò, translation by William Arrowsmith and D.S. Carne-Ross, Eridanos Press, Ann Arbor 1965.
Dialoghi con Leucò in *Cesare Pavese. Narrativa Completa*, trad. de Esther Benítez Eiroa, Editorial Seix Barral, Barcelona 1985.
Dialoghi con Leucò, traduzione di C. Van Gruting-Venlet e E. Tavanti Van Gruting, De Bezige Bij, Amsterdam 1987.
Dialoghi con Leucò, trad. di B. Hecko, Slov. Spisovatel, Bratislava 1973.
Dialoghi con Leucò, trad. di Alena Hartmanova, Odeon, Praha 1981.
Dialoghi con Leucò, traduzione turca, Can, Ankara 1996.

2. BIBLIOGRAFIA DELLA CRITICA

2. 1. Le principali recensioni dei *Dialoghi con Leucò* sono:

N. BADANO, *Il cuore è una città*, in «Il Popolo» (Torino), 3 dicembre 1947; I. CALVINO, *Dialoghi con Leucò*, in «Bollettino di informazioni culturali Einaudi», 10 novembre 1947; M. MAZ-ZOCCHI, recensione in «L'Italia Socialista», 9 dicembre 1947; M. UNTERSTEINER, *Dialoghi con Leucò*, in «Educazione Politica», nov.-dic. 1947; Anonimo, *Pavese tra gli dèi*, in «Fiamma Garibaldina» (Forlí), 5 dicembre 1947; E. TALARICO, recensione in «L'Espresso», 20 gennaio 1948; G. DE ROBERTIS, «Tempo», 7 febbraio 1948; NELO RISI, «Milano Sera», 7 febbraio 1948; I. CALVINO, recensione in «Publishers' Monthly» (Milano), febbraio 1948; V. CIAFFI, *Dialoghi con Leucò*, in «Sempre Avanti!», 7 marzo 1948; A. BORLENGHI, *Dialoghi con Leucò*, in «Corriere del Ticino», 30 aprile 1948; C. VARESE, *Dialoghi con Leucò*, in «La Nuova Antologia», maggio 1948.

2. 2. Per gli anni successivi sono da segnalare i seguenti saggi dedicati ai *Dialoghi con Leucò* e al tema del mito in Pavese:

D. INVREA, *I Dialoghi con Leucò*, in «Il Ponte», agosto 1949; E. CECCHI, recensione in «Paragone», 1950, n. 8, pp. 21 sgg.; M. FORTI, *I Dialoghi con Leucò*, in «Il Nuovo Corriere», 21 aprile 1951; A. MORAVIA, *Pavese decadente*, in «Corriere della Sera», 22 dicembre 1954, poi in *L'uomo come fine*, Bompiani, Milano 1963, pp. 187-91; O. SOBRERO, *Sui Dialoghi con Leucò*, in «Inventario», gennaio-giugno 1955, pp. 211-17; A. PELLE-GRINI, *Mito e poesia nell'opera di Cesare Pavese*, in «Belfagor», 30 settembre 1955, pp. 554-61; G. GUGLIELMI, *Mito e Logos in Pavese*, in «Convivium», XXVI (1956); M. L. PREMUDA, *I Dialoghi con Leucò e il realismo simbolico di Pavese*, in «Annali della Scuola Normale Superiore di Pisa», 1957, vol. XXVI, fasc. III-IV; E. N. GIRARDI, *Il mito di Pavese e altri saggi*, Milano 1960; J. HÖSLE, *Theseus ohne Ariadne*, in *Cesare Pavese*, De Gruyter, Berlin 1961, pp. 89 sgg.; G. DE ROBERTIS, *Tre libri di Pavese e sul Diario di Pavese*, in *Altro Novecento*, Firenze 1962, pp. 411-422; E. CORSINI, *Orfeo senza Euridice: i Dialoghi con Leucò e il classicismo di Pavese*, in «Sigma», I (1964), nn. 3-4 (dicembre), pp. 121-46; J. REBOUL, *Des dieux et des hommes*, in «Revue Critique», n. 216, 23 maggio 1965; G. P. BIASIN, *The Smile of the Gods*, in «Italian Quarterly», X (1966), n. 38 (articolo ristampato nell'omonimo volume *The Smile of the Gods; a Thematics Study of Cesare Pavese's Work*, Ithaca (New York) 1965; traduzione italiana *Il sorriso degli dèi*, in «Il Ponte», XXV (1969), pp. 718-41); P. ANGELINI FRAJESE, *Dèi ed eroi in Cesare Pavese*, in «Problemi», 1968, nn. 11-12, pp. 509-21; M. TONDO, *Dialoghi con Leucò*, in «Gazzetta del Mezzogiorno» (Bari), 3 settembre 1965; M. MEYNAUD-JEULAND, *Réflexions sur la nature du mythe dans l'œuvre de Cesare Pavese*, in «Revue des Etudes Italiennes», XIV (1968), pp. 324-64; L. SECCI, *Mitologia mediterranea nei «Dialoghi con Leucò» di Pavese*, in «Mythos. Scripta in honorem Marii Untersteiner», Università di Genova, 1970, pp. 241-56; E. GIOANOLA, *La poetica dell'essere*, Marzorati, Milano 1971; PH. RENARD, *Dialoghi con Leucò: la conquête du mythe comme polarisation de l'inconciliable*, in «Italianistica», I (1972), pp. 43-56; G. BERNABÒ, *I Dialoghi con Leucò di Cesare Pavese: il mito e il logos*, in «Acme», XXVII (1974), n. 2, pp. 176-206; G. BERNABÒ, *«L'inquieta angoscia che sorride da sola»: la donna e l'amore nei Dialoghi con Leucò di Pavese*, in «Studi Novecenteschi», XII (1975), pp. 313-31; V. S. GONDOLA, *Pavese nei Dialoghi con Leucò*, in «Alla Bottega», XXXIII (1975), n. 4, pp. 41-48; M. BARSACCHI, *Cesare Pavese tra classicismo ed etnologia: una lettura dei «Dialoghi con Leucò»*, in «Italianistica Scandinava. Atti del secondo congresso degli italianisti scandinavi», Turku 1977, pp. 163-82; D. THOMPSON, *The «Colloquio tra il divino e l'umano» in Pavese e Leopardi*, in «Bulletin of the Society for Italian Studies», Aberystwyth, Wales, nov. 1979, pp. 19-30; A. GHEZZI, *Life, Destiny and Death in Cesare Pavese's Dialoghi con Leucò*, in «South Atlantic Bulletin», XLV (1980), pp. 31-39; G. PAMPALONI, *Trent'anni con Cesare Pavese*, Rusconi, Milano 1981; A. GHEZZI, *Quis tantus furor? Modern Versions of Orpheus looking back*, in «The Comparatist Journal of the Southern Comparative Literature Association» (Knoxville), VII (1983), pp. 7-18; L. ORSENIGO, *Le ierofanie di Pavese*, in «Ipotesi 80», Cosenza 1983, pp. 42-57; T. WLASSICS, *Pavese Heautontimoroumenos: l'interpretazione dei Dialoghi con Leucò*, in «Italianistica», XIII (1984), n. 3, pp. 397-404 (poi in *Pavese falso e vero. Vita, poetica, narrativa*, Centro Studi Piemontesi, Torino 1985, pp. 127 sgg.); G. LASALA, *L'Inferno al tempo di Pavese*, in «Belfagor», XL (1985), n. 3; A. SANTORI, *La poetica dell'incontro*, in «Annali della Facoltà di Lettere e Filosofia dell'Università di Macerata», XVIII, Antenore, Padova 1985; D. BISAGNO, *Cesare Pavese. I Dialoghi con Leucò. L'ipertrofia della visione*, in «Syncresis», 1986; U. MARIANI, *The Sources of «Dialogues with Leucò» and the Loneliness of the Poet's Calling*, in «Rivista di studi italiani» (Toronto), 1988, n. 2, pp. 429-46; M. RUSI, *Dialogo e ritmo: il modello leopardiano nei «Dialoghi con Leucò»*, in *Cesare Pavese oggi*, Atti del Convegno di San Salvatore Monferrato, a cura di G. Joli, 1989, pp. 77-85; P. WELSEN, *Die Metamorphosen des Mythos bei Cesare Pavese*, in «Germanisch-Romanische Monatschrift» (Heidelberg), XXXIX (1989), n. 3, pp. 338-49; E. CATALANO, *Fra tradizione classica e decadentismo europeo: crisi del ruolo intellettuale e rifon-*

dazione «*filosofica*» nei Dialoghi con Leucò, in *Il dialogo di Circe; Cesare Pavese, i segni e le cose*, Laterza, Bari 1991, pp. 121-81; F. SECCHIERI, *Il monologismo essenziale del dialogo letterario. Sui «Dialoghi con Leucò» di Cesare Pavese*, in «Lingua e Stile», XX (1991), n. 3, pp. 429-46; M. MUÑIZ MUÑIZ, *Introduzione a Pavese*, Laterza, Bari 1992, pp. 111-32; PASCAL GABELLONE, *I nomi e gli dèi: la scomparsa del tragico*, in «Paragone-Letteratura», XLIV, Nuova Serie, Giugno-Agosto 1993, nn. 520-22, pp. 110-27; L. SOZZI, *Pavese, Eliade e l'attimo estatico*, in «Bollettino del Centro Studi Cesare Pavese», I (1993), pp. 70-82; C. CORTINOVIS, *L'architettura dei Dialoghi con Leucò*, in «Testo», XXVII, (1994), pp. 66-86; F. PIERANGELI, *Pavese e suoi miti toccati dal destino. Per una lettura di «Dialoghi con Leucò»*, Tirrenia Stampatori, Torino 1995.

2. 3. Numeri monografici di riviste e quaderni:

«Italiques», 3, *Autour des* Dialoghi con Leucò. *Etudes critiques et traductions*, réunies par M. FUSCO, Université de la Sorbonne Nouvelle – Paris III –, U.E.R. d'Italien et de Roumain, Octobre 1984 (M. FUSCO, *Avant-propos*; M. MUIA, *Les Dialogues avec Leuco*; J. C. VEGLIANTE, *Mais qui dialogue avec Leuco?*; B. DI LAURO, *Fiches de références lexicales*; J. FABRE, *Sources et références des Dialogues*; traductions: *La nuée - La bête - Ecume d'ondes - Les Muses - Les Dieux*).

3. SAGGI DI CARATTERE GENERALE

Per quest'ultima sezione della bibliografia è parso opportuno avvalersi della recente Bibliografia ragionata a cura di M. Masoero apparsa in C. Pavese, *Le poesie*, Einaudi, Torino 1998, pp. LXVI-LXX, che delinea esaustivamente il panorama generale della critica pavesiana:

3. 1. Tra le monografie di Pavese si vedano almeno:

L. MONDO, *Cesare Pavese*, Mursia, Milano 1961; J. HÖSLE, *Cesare Pavese*, De Gruyter, Berlin 1961; M. TONDO, *Itinerario di Cesare Pavese*, Liviana, Padova 1965 (Mursia, Milano 1990); G. VENTURI, *Pavese*, La Nuova Italia, Firenze 1969 (1971²); M. N. MUÑIZ MUÑIZ, *Introduzione a Pavese*, Laterza, Bari 1992.
Una *Biografia per immagini: la vita, i libri, le carte, i luoghi* ha curato Franco Vaccaneo (Gribaudo, Torino 1989).
Sul periodo di confino a Brancaleone Calabro si cfr.: G. NERI, *Cesare Pavese in Calabria*, Grisolía, Lamezia Terme 1990; G.

CARTERI, *Al confino del mito*. Cesare Pavese e la Calabria, Rubbettino, Soveria Mannelli (Catanzaro) 1991; ID., *Fiori d'agave*. *Atmosfere e miti del Sud nell'opera di Cesare Pavese*, prefazione di E. Gioanola, Rubbettino Editore, Messina 1993.

3. 2. Tra i saggi generali sull'opera di Pavese si rinvia ai seguenti:

A. MORAVIA, *Pavese decadente*, in «Corriere della Sera», 22 dicembre 1954, poi in *L'uomo come fine e altri saggi*, Bompiani, Milano 1964, pp. 187-91; G. GUGLIELMI, *Mito e logos in Pavese*, in «Convivium», XXVI (1956), pp. 93-98, poi in *Letteratura come sistema e come funzione*, Einaudi, Torino 1962, pp. 138-47; E. NOÈ GIRARDI, *Il mito di Pavese e altri saggi*, Vita e pensiero, Milano 1960; S. SOLMI, *Il diario di Pavese*, in *Scrittori negli anni. Saggi e note sulla letteratura italiana del '900*, Il Saggiatore, Milano 1963, pp. 243-55; C. DE MICHELIS, *Cesare Pavese: 1. Epica e immagine; 2. Immagine e mito; 3. Oltre il mito, il silenzio*, in «Angelus novus», I (1965), n. 3, pp. 53-79; nn. 5-6, pp. 148-82; II (1966-67), nn. 9-10, pp. 1-30; I. HOFER, *Das Zeiterlebnis bei Cesare Pavese und seine Darstellung im dichterischen Werk*, Winterthur, Keller, Basel 1965; M. DAVIO, *La psicoanalisi nella cultura italiana*, Boringhieri, Torino 1966, pp. 511-26; A. GUIDUCCI, *Il mito Pavese*, Vallecchi, Firenze 1967; D. FERNANDEZ, *L'échec de Pavese*, Grasset, Paris 1967; C. VARESE, *Cesare Pavese* in *Occasioni e valori della letteratura contemporanea*, Cappelli, Bologna 1967, pp. 171-200; G. P. BIASIN, *The Smile of the Gods*, Cornell University Press, Ithaca, New York 1968; J. M. GARDAIR, *Cesare Pavese, l'homme-livre*, in «Critique», XXIV (1968), pp. 1041-48; A. M. MUTTERLE, *Miti e modelli della critica pavesiana*, in AA.VV., *Critica e storia letteraria. Studi offerti a Mario Fubini*, Liviana, Padova 1970, pp. 711-43; E. GIOANOLA, *Cesare Pavese. La poetica dell'essere*, Marzorati, Milano 1971, e *Trittico pavesiano*, in *Psicanalisi, ermeneutica e letteratura*, Mursia, Milano 1991; E. KANDUTH, *Cesare Pavese*, in *Rahmen der pessimistichen italienischen Literatur*, W. Braumüller, Stuttgart 1971; P. RENARD, *Pavese prison de l'imaginaire lieu de l'écriture* cit.; F. JESI, *Letteratura e mito*, Einaudi, Torino 1977[3], pp. 129-86; G. ZACCARIA, *Pavese recensore e la letteratura americana (con alcuni testi dimenticati)*, in «Prometeo», XIV (1984), pp. 69-88 (e, dello stesso, *Dal mito del silenzio al silenzio del mito: sondaggi pavesiani*, in AA.VV., *La retorica del silenzio*, Atti del convegno internazionale, Lecce, 24-27 ottobre 1991, a cura di C. A. Augieri, Milella, Lecce 1994, pp. 346-62); T. WLASSICS, *Pavese falso e vero* cit.; F. FORTINI, *Saggi italiani*, Garzanti, Milano 1987; M. RUSI, *Il malvage analisi. Sulla memoria leopardiana di Cesare Pavese*, Longo, Ravenna 1988; G. ISOTTI ROSOWSKY, *Cesare Pavese: dal naturalismo alla realtà simbolica*, in

«Studi Novecenteschi», XV (dicembre 1988), n. 36, pp. 273-321; ID., *Pavese lettore di Freud. Interpretazione di un tragitto*, Sellerio, Palermo 1989; G. TURI, *Casa Einaudi. Libri uomini idee oltre il fascismo*, Il Mulino, Bologna 1990; E. CATALANO, *Il dialogo di Circe. Cesare Pavese, i segni e le cose*, Laterza, Bari 1991; A. ROMANO, *Le Langhe, il Nuto. Viaggio intorno a Cesare Pavese*, in «Il Ponte», XLVII (agosto-settembre 1991), nn. 8-9, pp. 162-74; G. VALLI, *Sentimento del fascismo. Ambiguità esistenziale e coerenza poetica di Cesare Pavese*, Barbarossa, Milano 1991; S. CESARI, *Colloquio con Giulio Einaudi*, Theoria, Roma-Napoli 1991 (in particolare il cap. IV, *«Maturità» di Cesare Pavese*, pp. 45-52); B. VAN DEN BOSSCHE, *Leopardi e Pavese: La costruzione del mito*, in «Studi leopardiani», IV (1992), pp. 41-58; M. ISNENGHI, *Il caso Pavese*, in AA.VV., *Omaggio a Gianfranco Folena*, Editoriale Programma, Padova 1993, vol. III, pp. 2231-40; G. BERTONE, *Il castello della scrittura*, Einaudi, Torino 1994; F. PIERANGELI, *Pavese e i suoi miti toccati dal destino. Per una lettura di «Dialoghi con Leucò»*, Tirrenia Stampatori, Torino 1995; R. GALAVERNI, *«Prima che il gallo canti»: la guerra di liberazione di Cesare Pavese*, in AA.VV., *Letteratura e Resistenza*, a cura di A. Bianchini e F. Lolli, Clueb, Bologna 1997, pp. 107-55.

3. 3. È parso utile, al termine di questo lavoro, indicare a sé le pubblicazioni miscellanee.

a) Atti dei convegni già citati:

AA.VV., *Terra rossa terra nera*, a cura di D. Lajolo e E. Archimede, Presenza Astigiana, Asti 1964 (D. LAJOLO, *Un contadino sotto le grandinate*; A. CAROCCI, *Come pubblicai il suo primo libro*; A. SIRONI, *Il mito delle «dure colline»*; R. SANESI, *Un'esperienza ricca di aperture*; F. CARPI, *Il fascino del cinema*; F. MOLLIA, *La belva è solitudine*; A. OREGGIA, *«Paesi tuoi» come denuncia di una tragica realtà nazionale*; G. RIMANELLI, *Il concetto di tempo e di linguaggio nella poesia di Pavese*; M. BONFANTINI, *Una lunga amicizia*; L. LOMBARDO RADICE, *Un paesaggio costruito con il lavoro dell'uomo*; M. ROCCA, *Attendendo sulla piazza deserta*; L. GIGLI, *Un'ora a Brancaleone Calabro*; E. TRECCANI, *Cinque quadri*);

AA.VV., *Il mestiere di scrivere. Cesare Pavese trent'anni dopo*, Atti del convegno, Comune di Santo Stefano Belbo 1982 (E. GIOANOLA, *La scrittura come condanna e salvezza*; G. BÁRBERI SQUAROTTI, *Lettura di «Lavorare stanca»*; G. L. BECCARIA, *Il «volgare illustre» di Cesare Pavese*; B. ALTEROCCA, *Leggere Pavese dopo trent'anni*; A. OREGGIA, *Emarginazione-provincia in Cesare Pavese*; A. DUGHERA, *L'esordio poetico di Cesare Pavese*; E. SOLETTI, *«La casa sulla collina». La circolarità delle varianti*; G. ZACCARIA, *«Tra donne sole»; il carnevale e la messa in scena*; F.

PAPPALARDO LA ROSA, *Tracce e spunti del pensiero vichiano nella produzione letteraria di Cesare Pavese*; N. BOBBIO, *Pavese lettore di Vico*; M. MILA, *Campagna e città in Cesare Pavese*; N. ENRICHENS, *Un pomeriggio di giugno a S. Maurizio*);

AA.VV., *Cesare Pavese oggi*, Atti del convegno internazionale di studi, a cura di G. Ioli, San Salvatore Monferrato 1989 (E. GIOANOLA, *Pavese oggi: dall'esistenzialità all'ontologia*; G. ISOTTI ROSOWSKY, *Scrittura pavesiana e psicologia del profondo*; A. NOVAJRA, *L'avventura del crescere*; G. LAGORIO, *Città e campagna: tema di esilio e di frontiera*; D. RIPOSIO, *Ipotesi sulla metrica di «Lavorare stanca»*; G. BÁRBERI SQUAROTTI, *Il viaggio come struttura del romanzo pavesiano*; D. BISAGNO, *Il diavolo sulle colline: la dissonanza tragica*; M. RUSI, *Dialogo e ritmo: il modello leopardiano nei «Dialoghi con Leucò»*; M. GUGLIELMINETTI, *«Il mestiere di vivere» manoscritto*; M. N. MUÑIZ MUÑIZ, *L'argomentazione pessimistica nel «Mestiere di vivere»*; M. VERDENELLI, *«Il mestiere di vivere» tra la trappola dei giorni e l'ultima rappresentazione*; S. COSTA, *Pavese e D'Annunzio*; A. M. MUTTERLE, *Da Gozzano a Pavese*; G. TURI, *Pavese e la casa editrice Einaudi*; C. VARESE, *Per una difesa della complessità di Cesare Pavese*; G. VENTURI, *Pavese negli anni Ottanta*; J. HÖSLE, *Pavese nei paesi di lingua tedesca: ricezione e no*; L. GIOVANNETTI WLASSICS, *Un Pavese nuovo d'America*; M. e M. PIETRALUNGA, *«An Absurd Vice»: la biografia di Pavese in inglese. Testimonianze*: T. Pinelli, L. Romano, P. Cinanni, F. Pivano, G. Baravalle, B. Alterocca, F. Vaccaneo, E. Treccani);

AA.VV., *Giornate pavesiane* (Torino, 14 febbraio - 15 marzo 1987), a cura di M. Masoero, Olschki, Firenze 1992 (G. BÁRBERI SQUAROTTI, *L'oggettivazione assoluta*; A. DUGHERA, *Esercizi critici negli scritti giovanili di Cesare Pavese*; J. HÖSLE, *Cesare Pavese: le lettere*; G. ISOTTI ROSOWSKY, *Mito e mitologia pavesiani*).

b) Numeri monografici di riviste e quaderni:

«Sigma», 1 (dicembre 1964), nn. 3-4 (L. MONDO, *Fra Gozzano e Whitman: le origini di Pavese*; M. GUGLIEMINETTI, *Racconto e canto nella metrica di Pavese*; M. FORTI, *Sulla poesia di Pavese*; C. GRASSI, *Osservazioni su lingua e dialetto nell'opera di Pavese*; C. GORLIER, *Tre riscontri sul mestiere di tradurre*; G. L. BECCARIA, *Il lessico, ovvero la «questione della lingua» in Cesare Pavese*; F. JESI, *Cesare Pavese, il mito e la scienza del mito*; E. CORSINI, *Orfeo senza Euridice: i «Dialoghi con Leucò» e il classicismo di Pavese*; S. PAUTASSO, *Il laboratorio di Pavese*; G. BÁRBERI SQUAROTTI, *Pavese o la fuga nella metafora*; R. PARIS, *Delphes sur les collines*; J. HÖSLE, *I miti dell'infanzia*);

«Il Ponte», *Pavese continua*, V (1969), pp. 707-77 (M. TONDO, *La tesi di laurea. L'incontro di Pavese con Whitman*; G. BIASIN, *Il sorriso degli dèi; Ciau Paveis*; M. MATERASSI, *Un semplice e profondo nulla. «Feria d'agosto», lettura di un campione*; V.

CAMPANELLA - G. MACUCCI, *Il Pavese di Fernandez. Psicanalisi e letteratura*; G. FAVATI, *Ultimi contributi*);

I *Quaderni dell'Istituto Nuovi Incontri. Pavese, cultura e politica*, Istituto Nuovi Incontri, Asti 1970 (F. PIVANO, *La scelta dell'altra America. Conversazione con Fernanda Pivano*; P. CINANNI, *Il maestro e l'antimaestro*; D. LAJOLO, *L'impegno politico di Pavese*; P. BIANUCCI, *Estetica, poetica e tecnica in Pavese: ipotesi di lavoro*);

Bollettino del Centro Studi Cesare Pavese, 1 (1993) (G. BÁRBERI SQUAROTTI, *Il viaggio come struttura del romanzo pavesiano*; E. CORSINI, *Cesare Pavese: religione, mito, paesaggio*; E. GIOANOLA, *Ho dato poesia agli uomini*; M. GUGLIELMINETTI, *Pavese: l'ultimo dei classici?*; M. MASOERO, *Pavese, poeta dell'angoscia*; L. SOZZI, *Pavese, Eliade e l'attimo estatico*; F. VACCANEO, *Cesare Pavese - Cronaca di un quarantennale [1950-1990]*);

«Novecento», XVI (1993) (F. VACCANEO, *Il Centro Studi Cesare Pavese*; M. GUGLIELMINETTI, *Un taccuino come esempio. Croce, Papini, Whitman, il fascismo ed altro ancora*; L. NAY, *I taccuini, una preistoria del «Mestiere di vivere»?*; M. MASOERO, *Lotte (e racconti) di giovani. Filologia e narrativa*; P. RENARD, *Pitié pour les pauvres hommes*; G. ISOTTI ROSOWSKY, *Il taccuino di Pavese e la scrittura diaristica*; A. DUGHERA, *Note sul lessico delle poesie di Pavese*; G. DE VAN, *L'ivresse tranquille de Cesare Pavese*; P. LAROCHE, *«Ridurre il mito a chiarezza». Lecture des Racconti*; C. AMBROISE, *Etre un père, avoir un père*; G. BOSETTI, *La poétique du mythe de l'enfance de Pavese*; P. RENARD, *Sur la mort de Santina*);

AA.VV., *Sulle colline libere*, Quaderni del Centro Studi «Cesare Pavese», Guerini e Associati, Milano 1995 (G. BOSETTI, *Retour au lieu primordial*; M. GUGLIELMINETTI, *La «Trilogia delle macchine» di Cesare Pavese*; D. FERRARIS, *Il sangue come eidos nella poesia pavesiana*; S. BINDEL, *Qui est Cate de «La casa in collina»? Parcours à travers la typologie des personnages féminins dans les romans engagés et l'étude d'une variante: La famiglia*; V. BINETTI, *Diario e politica 1945-1950*; M. MASOERO, *Approssimazioni successive. Materiali per l'edizione delle poesie giovanili*; C. SENSI, *Pavese in Francia 1990-1994*; G. IOLI, rec. a G. CARTERI, *Fiori d'agave. Atmosfere e miti del Sud nell'opera di Cesare Pavese*; R. FERRERO - R. LAJOLO, *Archivio Pavese. Prima parte: i romanzi*; F. VACCANEO, *Luoghi della memoria e della nostalgia nella letteratura di Cesare Pavese*).

Che i *Dialoghi con Leucò* di Cesare Pavese siano documento di una singolare comprensione dei grandi momenti, che costituiscono eterne fonti d'angoscia per gli uomini, che qui i momenti siano modernamente rivisitati nella sostanza dell'esperienze egee preelleniche ed elleniche; che infine l'onda drammatica della poesia li animi con un impeto di irruente persuasione, io non dubito. Se avrò molti consenzienti non so, né mi preoccupo. Per me il libro presenta un suo valore singolare.

Questi dialoghi sono sempre a due e hanno per centro un momento o il momento significativo, paradigmatico di ogni mito. Ognuno è preceduto da una incisiva didascalia informativa e, spesso, esegetica, in quanto l'A., con una frase e talora anche con una sola parola va alla radice perenne del mito, quella che pur oggi è vitale e che viene scoperta in qualche caso, col nuovo spirito moderno.

I dialoghi sono brevi – di solito dalle cinque alle otto pagine – ma traboccanti di misteriosa sostanza. Un'angoscia, una disperazione anche, domina lo scambio di idee, drammatizzandole. Ciò significa che queste diventando pure nella tensione dello spasimo, finiscono con l'imporsi nella loro sostanziale pacatezza suadente di un tono lirico che sta al culmine del tragico. Poesia filosofica e religiosa, questa del Pavese, ma di una filosofia senza terminologia e di una religione umana. Il tormento speculativo moderno s'ingigantisce risalendo nei secoli fino alle età primève del mito, che prende un aspetto originale in questo, che non è travestimento moderno, ma sguardo di un moderno, consapevole che il mito dell'Ellade non si può violare.

MARIO UNTERSTEINER

«Educazione Politica», I (nov.-dic. 1947), p. 344

Oggi, rotta la crosta neoclassica che li imprigionava, gli antichi segni sono tornati attuali come segni: in essi c'è ancora, dopo tanto marmo lavorato, non la statua in potenza, ma la cosa. Guardarli a lungo, in attesa del miracolo, può essere di nuovo guardare il mondo, non per quello che esso diviene, ma per quello che sotto resta, fissato e scelto una volta per tutte: cosí come nello studio etimologico di una parola, qualsiasi parola, anche quella cui si è più avvezzi, scopriamo un rapporto segreto e antico tra gli oggetti o i fatti della nostra vita, che è anche equilibrio morale, legge o destino, vittoria comunque sul caos, sia quello primitivo o quello presente in ogni ora che passa.

Non c'è quindi da stupirsi, se uno scrittore come Pavese, pur così legato nei suoi romanzi a un realismo crudo di linguaggio e di situazioni, che esclude a priori la ricerca di un senso, di un giudizio morale, ma s'affida a un'impressione fotografica e spietata del mondo com'è, lasciando ad altri il parlare di come dovrebbe essere, ritorni tutto a un tratto, in un suo «quarto di luna», ai banchi della scuola, e lí riprenda in mano il suo Omero e il suo Euripide, o più in là ancora quelle favole che prima di Omero e di Euripide si raccontavano, e tutto riconduca a uno stile composto, leggermente aulico: a un rito in fondo, fedele a quelle clausole e leggi che d'ogni rito sono proprie. Si è che Pavese è uno scrittore autentico, quindi onesto: fuori dalle solite chiesuole. Lui sa che «crisi» è più sofferenza dei termini in gioco che scelta: che il realismo, con tutto ciò che naturalmente comporta, è un modo di risolvere il problema, ma non meno di quel che lo possa essere il simbolismo mitografico o il surrealismo antico e moderno, impregnati l'uno e l'altro di valori religiosi e morali. Che, anzi, i due termini coincidono proprio nel «patire»: che ogni mito è stato realtà prima di essere mito, ogni mitografia realismo. Che sono le due facce d'ogni più vero esistere: vivere la vita e ricordarsi in un segno, in una parola molto semplice, che la vita c'è stata.

E direi, anzi, che proprio questo contrasto, questo ritrovare nella memoria l'azione, e di nuovo accendersi a essa come all'odore del sangue, e poi sentire che quel sangue è stato versato, che ormai è solo più crosta, parola nera sulla terra, e allora acquietarsi – proprio questo è il fascino dei suoi *Dialoghi con Leucò*. Il lettore avverte lí dentro un ritmo. E non sono le cadenze metriche, facilmente individuabili in ogni pagina: ma è la stessa posizione degli interlocutori, il rapporto di ogni coppia di voci. Da un lato c'è lo slancio, la giovinezza che è azione, il mito che nasce, l'*epos* se vogliamo: dall'altro c'è il ricordo dello slancio e del mito già chiuso, l'elegia piuttosto. La frattura è sottile, tanto che spesso, come in ogni atto veramente concreto, i due momenti s'invertono: e la realtà passata affiora di nuovo crudele in chi la riguarda, o l'altro che ascolta all'improvviso spaurisce e cerca nella sapienza conclusa che ha di fronte un punto fermo cui appoggiarsi. Ma frattura c'è sempre.

Come in ciascuno di noi, straniero a quella cosa pur tanto sua che è il passato: agli anni della scuola, per esempio, ai libri che ha letto, al modo in cui allora ha guardato i miti. Che anche questo c'è in Pavese: il senso che quei miti sono i suoi miti, la sua scuola, i suoi libri. Un mondo, come quello delle isole, che ritorna alla memoria col colore della prima età, ma da cui ci si sente esclusi, sicché le voci che ne arrivano hanno in fondo qualcosa di segreto: voci di una sapienza che non ci appartiene piú, che forse solo a furia di camminare per le strade – per miracolo – ritroveremo un giorno. E che pure sentiamo possibile a ogni passo – una roccia che ha un profilo umano, un cieco che procede a tastoni, un cane inselvatichito che latra, noi stessi col nostro sangue e la nostra pena, e il nostro sperare quotidiano, e questo cercare di chiudere in una parola ferma, di nuovo in un mito, tutto il tumulto di cui siamo fatti.

VINCENZO CIAFFI

«Sempre Avanti!», 7 marzo 1948

Quanto ai *Dialoghi con Leucò*; chi vi si riaccosti, non dovrà sorprendersi del loro linguaggio in un certo senso astratto, convenzionale. Non sono essi un compiuto libro d'arte del Pavese; ma una sorta d'albo, di prontuario e catalogo di motivi morali e situazioni che lo incuriosivano e stimolavano; che in una vera opera d'arte si sarebbe ben guardato dal porgere cosí scheletriti; e ch'egli sceneggiò sommariamente, affidandoli, come a segni mnemonici, a nomi mitologici e simboli culturali. Per questa natura provvisoria, al tempo stesso che esoterica, si capisce che il libro a lui fosse specialmente caro. Un'opera d'arte è conclusa in se stessa, vive per proprio conto, lontano dall'autore. Un libro come i *Dialoghi* seguita a vivere con l'autore, perché è gremito di futuro e d'inespresso.

EMILIO CECCHI

«Paragone», 1950, p. 21

Il libro che raccomanda veramente il nome di Pavese ai posteri è quello dei 26 brevi dialoghi mitici, ai quali lo scrittore dava un titolo, che alludeva a una immagine femminile, i *Dialoghi con Leucò*.

Gli studi di etnologia aiutavano la riflessione dello scrittore, ma non potevano creare poesia, e di essi non si trova traccia sensibile nei *Dialoghi*. Perciò è inutile, per spiegarne la composizione e l'arte, ricorrere a simili premesse. La riflessione serviva a rifiutare quanto nel mito era divenuto stereotipo per riaverne la prima visione, la meraviglia e l'orrore, ch'esso aveva suscitato nell'animo primitivo e che una seconda volta si ripeteva, rinnovandosi, nel sentire del poeta. Il mito è mimesi, atto magico, rappresentazione e perciò riaccadimento; Pavese parlava di una «seconda volta». La formula d'incantesimo provoca il ripetersi di ciò di cui si dà il simbolo: donde il rituale magico. Ma le formule e le posizioni magiche e iniziatiche egli diceva che «per la strenua elaborazione del pensiero cosciente avvenuta nei secoli x-vIII a.C.» erano «reinterpretate, tormentate, contaminate, innestate, secondo ragione, e cosí ci sono giunte ricche di tutta questa chiarezza e tensione spirituale ma tuttora variegate di antichi simbolici sensi selvaggi». Questi chiarimenti del diario, in data 11 dicembre 1947, dimostrano la profondità della riflessione di Pavese sul mito. I suoi pensieri potrebbero essere addotti a interpretare la trasformazione del mito nella tragedia greca e il suo dissolversi poi nella filosofia. Egli non soltanto rifletteva sul mito, ma lo riviveva nella propria anima secondo una mimesi, ch'era l'atto stesso della poesia.

Per la interpretazione e la teoria del mito, Pavese si richiamava al Vico assai piú che all'etnologia contemporanea, e la tradizione letteraria italiana era per lui statuita principalmente dal Foscolo, discepolo del Vico, e dal Leopardi: i dialoghi leopardiani furono schema e modello letterario per i *Dialoghi con Leucò*. Ma la *pietas*, il sentimento di religioso orrore, che pervade la parola, lo spavento di trascendere il limite che separa l'umano e il divino, oltre il quale insorge la *hybris*, l'animo che si esprime nel canto di *Hyperion*, il canto del destino, sono anche di Pavese dinanzi al mito.

Un impulso a chiarire l'irrazionalità del mito muove la ispirazione; ma la poesia è scoperta di una terra incognita, cui non vi è limite. Egli non riviveva il mito per una nostalgia romantica del sentire primitivo e del sapore di sangue, che se ne esala, come la critica gli obiettava, ma piuttosto, accogliendo quei miti pur mostruosi, che rispondono a un mondo sempre vivo nella profonda sostanza umana, segnava ed esprimeva il passaggio, che fu di un tempo prima della storia e che si propone a ognuno di noi sempre, dalla primitiva religiosità magica alla religione luminosa degli dèi olimpici, che sovrastano immortali il caos e gli danno legge. L'apprendimento di una norma, che pone fine al mondo ove uomini, titani, divinità e chimere si confondevano e dove non esisteva separazione fra mortali e immortali, quindi la conferma di un ordine, anche morale, che forma la dignità dell'uomo, era la suggestione ispiratrice dei *Dialoghi con Leucò*: e possiamo seguirne il procedere non per sviluppi logici, ma per intuizioni liriche e visioni.

ALESSANDRO PELLEGRINI

«Belfagor», 30 settembre 1955, pp. 556-58

In questo [il mondo mitico di Pavese] non domina [...] un problematico dissidio tra uomini e dei, considerati come due realtà distinte – anche se in continuo reciproco rapporto[1]. Parlare della *hybris* o della *pietas* dell'uomo verso gli dèi o del suo sbigottimento per la «prelezione» della divinità cui soggiace, significa vedere nei *Dialoghi* un'accettazione puramente passiva dei miti tradizionali, che non riuscirebbe a giustificare il sorgere della vera poesia. È invece proprio il rovesciamento della concezione tradizionale, paradossalmente compiuto conservando almeno in apparenza l'antica impalcatura mitologica, a rendere l'opera di Pavese cosí rappresentativa della nostra nuova sensibilità. Non esiste nei *Dialoghi* un dualismo tra l'uomo e una realtà divina che gli impone dall'esterno la legge; il conflitto c'è sempre, né dalla vita si potrebbe eliminare, ma esso è interiorizzato, cosí che l'uomo è insieme il creatore e la vittima del proprio destino, in una ricerca sempre piú angosciosa e solitaria del senso del proprio esistere. Mondo titanico, mondo divino, mondo senza dei (adombrato quest'ultimo in vari dialoghi e «rappresentato» in quello che vale da epilogo)[2] non sono che figurazioni simboliche dei vari strati della psiche umana; il passaggio dall'uno all'altro non avviene in una successione temporale ma si risolve in un legame dialettico che ignora cosí i superamenti come le sintesi definitive. Donne mitiche, eroi e divinità sono i fantasmi che Pavese creò per dare evidenza drammatica ai problemi piú oscuri e ineffabili della coscienza, per suggerire piuttosto che dire, per offrire al lettore la pienezza di un'esperienza poetica invece della rigidità di un sistema filosofico. Anche se non è lecito perciò ricostruire troppo rigorosamente lo schema logico dei *Dialoghi*, pure è necessario chiarire quei temi di fondo per comprendere i momenti di vera poesia; e a questo scopo è tutt'altro che inutile l'indagine sulle fonti etnologiche di Pavese, che talora diedero allo scrittore anche piú di un semplice elemento di riflessione, portandolo direttamente in un'atmosfera di suggestione mitica.

La concezione del mondo titanico – inteso da un lato come un'era favolosa vissuta dall'umanità primitiva, dall'altro come un momento ineliminabile della spiritualità umana – può rammentare, nella sua ambivalenza, il mondo fanciullo del Vico, che fu uno degli autori piú amati da Pavese. Nei *Dialoghi* il continuo articolarsi di questi due aspetti – anche se, come si è detto, il mondo delle Chimere e dei Centauri non è altro che il fenomenizzarsi del «mostruoso» caos del subconscio – dà allo scrittore la possibilità di ambigue e affascinanti allusioni, in un rapido gioco di prospettive. Ma le caratteristiche di questo «prelogico» regno dell'indifferenziato, in cui la nozione d'individuo non ha senso, perché uomini e animali e cose vivono in un'essenziale fluida armonia, egli le attinse largamente all'opera del Lévy-Bruhl che, formulando la sua famosa «legge di partecipazione», sembrava schiudere agli occhi dell'intellettuale moderno un'esperienza emozionale primitiva in profondo contatto con la realtà[3]. In quell'atmosfera sono possibili le piú straordinarie metamorfosi, perché propriamente non esistono forme; la continuità del reale non è ancora spezzata, ogni atto di vita abbraccia l'essere nella sua totalità – ma appunto per questo non può assumere valore conoscitivo. Il mondo titanico è il mondo della «prima volta», dello stupore mitico, dell'urto con le forze elementari – quel mondo che Pavese aveva visto attuato nell'infanzia e sopravvivente nell'uomo adulto come sostrato essenziale delle sue esperienze.

In questa prospettiva acquistano un senso le figurazioni della mitologia classica; le creature piú assurdamente fantastiche, le leggende piú strane e incomprensibili rivelano all'improvviso una ricchezza simbolica sconcertante. Che Issione parli alla nube non è piú una bella metafora, ma la rappresentazione mitica di un modo d'essere problematico, che continuamente affiora nella nostra esperienza. Cosí è proprio la commossa riscoperta di miti ormai banali a dare l'avvio ad alcuni dei dialoghi piú belli. Artemide ha perduto la fissità convenzionale della sua triplice natura; è diventata la belva, «una cosa selvaggia, intoccabile, mortale, fra tutte le cose selvagge», che esprime in ogni suo gesto la nostra terra e il nostro cielo, e parole, ricordi, giorni andati che non si sapranno mai, giorni futuri, certezze, e un'altra terra e un altro cielo che non è dato possedere[4]. Nella fantasia di Pavese la figura femminile si colora di tutta la complessità della donna-madre etnologica: è l'incarnazione stessa del mondo titanico, un tumulto di sangue che vive l'attimo con semplicità primordiale, ignorando tutto ciò che non è «roccia». Piú o meno, in tutti i suoi racconti la donna è cosí, non creatura ma simbolo di una realtà che l'uomo cerca angosciosamente di afferrare e che sempre gli sfugge. Ma questa risoluzione mitica della donna nel momento subcosciente della vita spirituale[5] porta, nelle sue estreme conseguenze, all'impossibilità di una individuazione fantastica. Se Concia di Il carcere dava a tutto il racconto un senso selvaggio di mistero e l'ambiguità di Gabriella[6] era lo stesso corrotto lussureggiare del Greppo, la donna delle ultime poesie non è che uno schematico soggetto cui si aggiungono infiniti predicati – in una trama lirica vagamente simile a una monotona litania[7]. E anche se a volte il gioco di attributi giunge a rarefazioni delicatissime[8], il tentativo di rappresentare in atto la complessità simbolica della donna è fallito in un sovrapporsi d'immagini che riesce a una non poetica staticità. Non basta riaccostare alla figura femminile i simboli piú cari – il mare, la vigna, i falò... – perché questi siano veramente riassorbiti in una figurazione unica, definitiva, carica di suggestioni. Ciò è avvenuto invece in alcuni tratti dei Dialoghi: nella furia e nel sorriso di Atalanta[9] e in quel vivere della ninfa come un'onda o una foglia[10]; nell'affondare remoto di Calipso[11] e nella fragilità di Mélita, le vesti gonfie di vento sul fondo di chiaro mattino[12]. Ma è soprattutto la strana dea di

La belva a esprimere in momenti di vera poesia la ferocia tranquilla di un mondo che non conosce valori perché non conosce distinzioni, dove un fiore, una bacca è il selvaggio nell'elementarità di un contatto emozionale. E l'uomo che vuol possederlo deve rinunciare alla parte piú cara di sé, la sua razionalità; ma questa non si dissolve senza lasciargli l'inquietudine di un implicito termine di confronto. Torna qui, espresso in parole piene di echi, il fondamentale dissidio tra le lusinghe di un'esperienza irrazionalistica e lo sforzo di un conoscere razionale; ma il tema non basterebbe a creare poesia, se non si animasse nel dialogo tra un Endimione sognante nella prima ora dell'alba e quella dea senza nome che svela la sua profonda e terribile polivalenza nella semplicità di «una magra ragazza selvatica», nello sguardo di «occhi un poco obliqui, occhi fermi, trasparenti, grandi dentro».

Vera poesia è anche *Il fiore*, dove la leggenda, al di là di ogni concetto di *hybris*, è riportata al suo originario significato di rito primaverile[13]. Tutto è capriccio nella sorte di Iacinto, perché tutto è destino; cosí come forse i primitivi sentivano il rinnovarsi delle stagioni. E il dialogo è una trama leggera e veramente solare di immagini – anche se Pavese vi ha accennato al tema della rivelazione, del «risveglio», che annienta l'uomo scoprendogli a un tratto una realtà piú profonda, meravigliosa e insieme familiare. Ma il presupposto logico è qui completamente trasfigurato in un linguaggio di una singolare suggestione; la calma indolenza del Radioso che legge negli occhi del ragazzo non l'entusiasmo ma il fiore-destino fa da contrappunto a quell'esile figura di Iacinto che rabbrividisce e sogna, bruciando in sei giorni di ansiosa passione. Il senso remoto di un'atmosfera mitica, in cui ogni gesto, ogni parola, sono a un tempo noti e impenetrabili, è raggiunto pienamente perché il racconto di Eros e Tanatos toglie all'evento ogni pesantezza drammatica, filtrandolo in una rassegnata malinconia. «...Iacinto è morto... L'inutile fiore spruzzato del suo sangue, costella ormai tutte le valli dell'Europa. È primavera, Tanatos, e il ragazzo non la vedrà». Un'altra bellissima trasfigurazione di temi tipicamente etnologici è *Il lago* – ché, anche se la leggenda di Virbio appare accennata in Virgilio[14] e Ovidio[15] non si possono dimenticare, leggendolo, le pagine cosí suggestive che a quell'impenetrabile culto albano dedicò il Frazer nel suo *Ramo d'oro*[16] e che senza dubbio ispirarono Pavese. Ma non sempre la poesia è raggiunta: e allora Eracle e Litierse diventano poveri fantocci impegnati a recitare un dramma di cui non hanno coscienza – mentre è piú facile rintracciare la fonte cui attinse la fantasia dello scrittore[17]. Lo stesso si può dire di *I fuochi*[18], dove il tema, pur tanto consono alla sensibilità di Pavese, – e i falò contadini delle notti d'estate ritornano anche nel suo ultimo libro – non riesce a quel significato sacrale che già era

stato compiutamente espresso in alcune novelle[19]. Ma sarebbe
lungo, e forse inutile ormai, esaminare minuziosamente i singoli
particolari che Pavese assunse dalle sue letture etnologiche[20];
una volta chiarito il significato del mondo titanico, importa
piuttosto individuare il legame tra questo e il mondo divino, cosí com'esso si realizza nell'interiorità dell'uomo.

[1] Cfr., per questa interpretazione dei *Dialoghi*, spec. il saggio del PEL-
LEGRINI, *Mito e poesia nell'opera di Cesare Pavese*, in «Belfagor», x,
n. 5, p. 558.

[2] Cfr. *Le cavalle, Ma rupe, Il mistero, Gli dèi*.

[3] Cfr. ne *L'âme primitive* (cito dalla traduzione italiana edita da Einaudi, p. 29) una delle tante definizioni della «legge di partecipazione» che, secondo Lévy-Bruhl, presiede alla vita spirituale dei
primitivi: «... La mentalità primitiva pensa e sente contempora-
neamente tutti gli esseri e gli oggetti come omogenei, partecipanti
cioè sia di una medesima essenza, sia di un medesimo insieme di
qualità», per cui «il primitivo non trova... nessuna difficoltà ad accettare metamorfosi che a noi appaiono incredibili...»

[4] Cfr. *La belva*.

[5] «Nella carne e nel sangue di ognuno rugge la madre» (da *La madre*).

[6] Ne *Il diavolo sulle colline*.

[7] *La voce* ('38) e *La casa* ('40) (quest'ultima pubbl. in *Verrà la morte e
avrà i tuoi occhi*) segnano il passaggio dalla prima alla seconda maniera di Pavese.

[8] Cfr. p. e. «... le nubi – e il canneto, e le voci – come un'ombra di
luna» «Acqua chiara, virgulto – primaverile, terra, – germogliante
silenzio...» «... Come – erba viva nell'aria – rabbrividisci e ridi...»
– «... e la pioggia leggera, – l'alba color giacinto... sono il triste sorriso – che sorridi da sola».

[9] Ne *La madre*.

[10] In *Schiuma d'onda*.

[11] Ne *L'isola*.

[12] Ne *Gli Argonauti*.

[13] Cfr. FRAZER ne *Il ramo d'oro* (nella trad. francese a cura di R. Stie-
bel e J. Toutain, Schleicher, Paris 1903-11, vol. III, p. 168). Il mito di Iacinto si trova anche in Erodoto (IX, 7), uno degli autori piú
noti a Pavese.

[14] *Eneide*, c. VII, 761 sgg.

[15] *Metamorfosi*, XV, 497 sgg., e *Fasti*, III, 265 sgg.

[16] Cfr., nell'edizione cit., vol. II, cap. I.

[17] Ci troviamo di fronte a un mito pochissimo noto e trattato soltanto nella letteratura alessandrina del tutto estranea agli interessi di
Pavese (Sositeo in *Daphnis*, Ateneo) e nei lessici tardi (Esichio, Sui-
da). Per di piú sono chiari i particolari tratti dalla letteratura etnologica; p. e. il fatto che Eracle fosse «rosso di pelo»; senza contare
la generale interpretazione della leggenda legata agli antichi riti della mietitura, compiuti per assicurarsi la continua fecondità della terra (cfr. FRAZER nell'edizione cit., vol. III, pp. 273 sgg., e anche vol.
III, p. 176). A questo proposito conviene distinguere nei *Dialoghi* le
figure della tradizione classica reinterpretate secondo moduli etnologici (Artemide, Odisseo, Bellerofonte, Elena, Calipso ecc.) e i mi-

ti tratti direttamente da fonti etnologiche – perché poco noti nella tradizione classica (Eracle e Litierse, Virbio, Atamante).

[18] Per il significato dei falò nella letteratura etnologica cfr. FRAZER, *Il ramo d'oro* cit., vol. III, pp. 70 sgg., pp. 460 e 471 sgg. Al mancato raggiungimento della poesia hanno contribuito senza dubbio il distraente accenno di polemica sociale e l'introduzione del mito di Atamante, non sufficientemente «ripensato». (Per tale mito, cfr. *ibid.*, vol. II, pp. 43 sgg. Il mito è narrato anche in Erodoto, VII, 197). Dall'analisi della struttura dei *Dialoghi*, si potrebbe azzardare che *L'ospite* e *I fuochi*, i piú schematici e i piú legati estrinsecamente a temi etnologici, siano anche i piú antichi.

[19] Cfr. p. e. *Il mare* in *Feria d'agosto*. Ma è un motivo piú o meno comune a tutti i racconti e le poesie di Pavese.

[20] P. e. la pluralità delle figurazioni di Dioniso de *La vigna* (cfr. FRAZER, *Il ramo d'oro* cit., vol. III, pp. 199, 201, 205), la leggenda dell'«anima esterna» di Meleagro ne *La madre* (cfr. FRAZER, *Il ramo d'oro* cit., vol. II, p. 450; cfr. poi il LÉVY-BRUHL ne *L'âme primitive* ecc.), l'interpretazione etnologica dell'Eucaristia ne *Il mistero* (cfr. FRAZER, *Il ramo d'oro* cit., vol. II, p. 130).

MARIA LUISA PREMUDA
«Annali della Scuola Normale Superiore di Pisa»,
vol. XXVI, 1957, pp. 238-42

Il mito non è in Pavese trasparente alla storia. Ciò è stato possibile per Thomas Mann in cui esso impercettibilmente ma continuamente si trasforma e viene a conciliarsi con forme sempre piú elevate di coscienza. Il passaggio dal culto di Amun, il dio del terrore, al culto di Atôn, il dio della luce, ne è un esempio. Nella tetralogia *Giuseppe e i suoi fratelli* il mondo sotterraneo è in correlazione col mondo spirituale, la potenza delle cose colla potenza dello spirito, in una dialettica che esclude schematismi e rigide ipostasi e obbliga a una disposizione della materia narrativa secondo molteplici piani di significazioni. Si pensi a Giuseppe, «alla doppia benedizione di cui egli passò sempre per depositario e che era una benedizione non soltanto dall'alto in basso e lietamente spirituale, ma anche una benedizione dalla profondità che agisce sotto e manda in alto la materna grazia della vita» (*Giuseppe il Nutritore*, Mondadori, p. 515). La concezione dialettica consente inoltre al narratore la riserva ironica, un sempre giocoso equilibrio di interno ed esterno, insomma il distacco oggettivo dalla rappresentazione. Che è quanto Mann intendeva dire quando, a proposito della sua tetralogia, ha spiegato che, per conto suo, lo spazio della rappresentazione non esauriva lo spazio dell'autore cosí come Dio resta libero davanti al mondo.

In Pavese non c'è conciliazione di termini opposti, non c'è alcuna libertà davanti alla propria materia, ai propri contenuti. La mitologia è in lui contenuta nei limiti dell'autobiografia, in

uno spazio privato. Al punto che se il mito è per definizione im-
personale ed esemplare, vita «citata» o ripetuta, ed è il piccolo mondo a esemplarsi sul grande mondo e non viceversa, di mito a proposito di Pavese non dovrebbe parlarsi.

GUIDO GUGLIELMI

«Convivium», XXVI (1958), pp. 96-97

In un articolo, che rappresenta tuttora uno dei tentativi piú
seri di penetrazione di quest'opera enigmatica, M. L. Premuda
ha potuto dimostrare la derivazione di parecchi dei miti trattati
nei *Dialoghi* dal *Ramo d'oro* del Frazer. La dimostrazione è assolutamente indiscutibile per quanto riguarda i miti di Eracle e
Litierse (dialogo *L'ospite*), di Ippolito-Virbio e Diana (*Il lago*) e
di Atamante (*I fuochi*): si tratta infatti di miti quasi sconosciuti e comunque pochissimo trattati nella tradizione letteraria
classica, e sottoposti invece dal frazer ad ampie e penetranti
analisi. Accanto a questi, l'autrice colloca la categoria di miti ri-
guardanti figure classiche non derivate direttamente dall'etnologia e tuttavia «reinterpretate secondo moduli etnologici (Artemide, Odisseo, Bellerofonte, Elena, Calipso, ecc.)[1]. E qui
l'affermazione, oltreché non documentata, appare fortemente
influenzata da quella che sembra essere la convinzione fondamentale dell'autrice: che cioè tutto il materiale mitologico dei
Dialoghi derivi esclusivamente dall'etnologia o che, comunque,
quest'ultima ne sia il filtro universale.

In realtà, le «fonti»[2] etnologiche di Pavese si estendono a un
gruppo di dialoghi relativamente ristretto: sono i dialoghi della terra e dei suoi aspetti e fenomeni e dei miti che li riguardano: miti della fecondità, della vegetazione, del raccolto, della
propiziazione magica e rituale (sacrifici umani, falò, lustrazio-
ni, ecc.); miti del «primitivo», dell'«indistinto», dello «stupore», dell'uomo primitivo disindividualizzato[3]. Possiamo, grosso modo, annoverare in questo primo gruppo i dialoghi *La belva*, *L'ospite*, *Il lago*, *La madre*, *L'uomo-lupo*, *I fuochi*: essi sono
caratterizzati dall'assenza quasi totale del contrasto tra «mondo del caos» primitivo e «mondo degli dèi» o della legge. Gli
dèi, anzi, vi sono, per cosí dire, assenti e, quando compaiono,
sono interpretati secondo i moduli dell'etnologia, quali proie-
zioni della paura e della superstizione primitive, creature mo-
struose dell'istinto magico di propiziazione (Diana-Artemide);
anche i mestieri umani sono quelli indicati dalla stratificazione
operata dalla scienza etnologica come «primitivi», la caccia
(*L'uomo-lupo*, *La madre*) e la pastorizia (*I fuochi*). Vi è anche un
sospetto – ma non piú che un sospetto – di un influsso di so-
ciologia di tipo marxistico nel concetto, che riaffiora qua e là,
degli dèi come padroni (per es., ne *I fuochi*)[4]. Sono anche, que-

sti dialoghi del primo gruppo, i piú estranei a un influsso classico vero e proprio, tanto nel materiale mitologico (mutuato di
peso dalle fonti etnologiche) quanto nei concetti-base che li
ispirano, derivati anch'essi, con qualche contraddizione e ri-
luttanza, dall'indirizzo etnologico, cosicché verrebbe fatto di
pensare – se queste ipotesi non fossero sempre, di per sé, troppo rischiose – che questo gruppo rappresenti il nucleo piú antico dei *Dialoghi con Leucò*[5].

Quello che è certo è che, accanto a questo, si può ravvisare
nei *Dialoghi* un altro cospicuo gruppo di composizioni, che oc-
cupa una posizione centrale e preminente nell'economia strut-
turale dell'opera, dotato di una propria fisionomia che lo distingue abbastanza nettamente dal precedente. Caratteristica
fondamentale di questo secondo gruppo è l'acquisizione, decisiva per il significato non soltanto dei *Dialoghi* ma anche di
tutta l'opera pavesiana, del contrasto tra mondo del caos e
mondo della legge, mondo dell'informe e cosmo della forma.

Rientrano in questo secondo gruppo *Le cavalle*, *I ciechi*, *La
nube*, *La Chimera*, *Il fiore*, *La vigna*, *Gli Argonauti*, *Il toro*, *La rupe*, *Schiuma d'onda*, *In famiglia*. Sono, questi, veramente, i
«dialoghi degli dèi», ed è qui che l'armamentario dotto e alquanto sofisticato della mitologia fa la sua comparsa massiccia
e imponente, in modo tale che le fonti etnologiche non sono assolutamente in grado di spiegare. Ma non siamo ancora, se non
in minima parte, dinanzi a una elaborazione autonoma della
letteratura e dei miti greci da parte di Pavese; siamo però nel
momento della «scoperta» vera e propria del mondo classico,
nella sua ricchezza e nel suo fascino, attraverso l'elaborazione
della rinnovata filologia mitteleuropea e nordica e dei suoi
adepti italiani. Le componenti culturali di Pavese, sotto quest'aspetto, vanno ricercate essenzialmente negli studi sulla tragedia greca che prendono il via sotto l'influsso dell'opera di
Nietzsche, *Le origini della tragedia*[6], e soprattutto nei lavori della «scuola mitologica», sviluppatasi tra le due guerre nei paesi
di cultura germanica, sulla scia della fondamentale opera di W.
Otto, *Die Götter Griechenlands*, pubblicata a Bonn nel 1929[7],
e che ha gli esponenti piú importanti, almeno per quanto riguarda la formazione di Pavese, in Paula Philippson e in Karl
Kerényi. Sono, questi ultimi, i teorici di quella dottrina del mito come conoscenza del mondo perennemente valida, sottratta
all'evoluzione logorante del tempo, intuizione atemporale, da
non considerare come espressione di una mentalità superata,
prelogica o primitiva in senso evoluzionistico. Da loro Pavese
ha attinto non soltanto gran parte del materiale mitologico ma
anche i concetti fondamentali che stanno alla base del soprac-
cennato gruppo di dialoghi. Tutta la *Thessalische Mythologie*
della Philippson, ad esempio, è impostata sul presupposto di
un «ordinamento olimpico» (incentrato sulla figura polimorfa

di Zeus) che succede a un precedente «ordinamento titanico» (di carattere sostanzialmente ctònio e caratterizzato prevalentemente da epifanie teriomorfiche delle varie divinità). Questa sostituzione avviene spesso in forma violenta – ciò che il mito ci ha tramandato in vari modi, per esempio nel mitologema della gigantomachia – ma piú spesso avviene per sovrapposizione di figure divine e di culti e per incorporazione dell'antico nel nuovo. E tutto questo processo è visto dall'autrice come l'esplicarsi di quella «esigenza congenita allo spirito umano di portare *unità* tra lo sconcertante moltitudine delle forze e dei fenomeni che lo circondano, e di riconoscere, nell'inarrestabile susseguirsi delle impressioni, l'*essere* stesso immanente al continuo divenire e trapassare»[8]. Anche l'autrice è convinta del valor universale del mito, che spiega il sorgere indipendente di miti analoghi presso i vari popoli. La preferenza accordata ai miti greci è da lei spiegata con motivazioni che richiamano curiosamente la nota introduttiva premessa da Pavese ai suoi *Dialoghi*: «L'indagine – scrive la Philippson[9] – va impiantata sui miti greci, non tanto perché tutto il presente studio sia basato su intuizioni greche, ma perché i miti greci sono tuttora accessibili, sia per il loro contenuto che per la loro lingua, a un gran numero di persone europee». E Pavese scrive: «Potendo si sarebbe volentieri fatto a meno di tanta mitologia. Ma siamo convinti che il mito è un linguaggio, un mezzo espressivo... Qui ci siamo accontentati di servirci di miti ellenici data la perdonabile voga popolare di questi miti, la loro immediata e tradizionale accettabilità...»[10].

La dipendenza dei *Dialoghi* dalla *Thessalische Mythologie* è dichiarata da Pavese stesso per quanto riguarda il dialogo *Le cavalle*[11], ma questa circostanza ci autorizza a estenderla anche ad altri dialoghi, che la denunciano con altrettanta evidenza. In particolare, è questo il caso di *La nube*, incentrato sul mito, tipicamente «tessalico», d'Issione[12], e de *La rupe*, tra Eracle e Prometeo: entrambi i dialoghi sono impostati sulla contrapposizione tra «mondo titanico» («Dei mostri e del caos, dei Titani e degli uomini, delle belve e dei boschi, del mare e del cielo») e mondo olimpico di Zeus, della forza ma anche della legge[13]. Peculiare a *La rupe* è poi il concetto dell'incorporazione del mondo vecchio nel nuovo («Non si uccidono i mostri. Non lo possono nemmeno gli dèi»), e la raffigurazione di Chirone «il pietoso, il buon amico dei titani e dei mortali», personaggio centrale del saggio della Philippson, dove appunto compare dotato di questi attributi[14]. Allo studio della Philippson sulla *Teogonia* di Esiodo sono da collegare direttamente i dialoghi *Gli uomini* e *Le Muse*, di cui si parlerà in seguito[15]: Pavese ha mutuato non soltanto l'argomento ma anche qualcosa di piú sostanziale, la raffigurazione della musa come creatrice e ordinatrice dei miti, e la corrispondenza fondamentale tra cosmo simbolico e cosmo musicale, inteso quest'ultimo come ordine introdotto dal numero nel mondo caotico dei suoni, cosí come il mythos introduce un ordine nel mondo caotico del divenire[16]. Un concetto, quello di «ritmo», particolarmente caro a Pavese e d'importanza decisiva per la comprensione dei *Dialoghi*: il passaggio dal mondo del caos (del quale gli dèi non rappresentano un superamento ma sono parte integrante, polo luminoso e positivo contrapposto alla realtà informe e tenebrosa del titanico e del ferino) al mondo degli uomini è contrassegnato, per Pavese, dalla presenza del ritmo, logos che è razionalità, ordine, numero, ma che si esprime essenzialmente nella parola creatrice di musica («Dappertutto dove spendono fatiche e parole nasce un ritmo, un senso, un riposo», *Il mistero*).

Ancora piú cospicuo è il tributo di cui i *Dialoghi* sono debitori all'opera dell'altro grande indagatore di miti, K. Kerényi. Tralasciando, per ora, lo studio del rapporto che intercorre tra i due sul piano dell'elaborazione teoretica della dottrina del mito, sarà forse di qualche utilità sottolineare quanto grande sia la dipendenza di Pavese dallo studioso ungherese anche sul piano del materiale e dei concetti da lui rielaborati nei suoi dialoghi. La «fonte» Kerényi è presente, in linea generale, in tutti i dialoghi che hanno per oggetto miti e culti tipicamente «solari» e «mediterranei», attinti in buona parte dalla raccolta di studi che ha per titolo appunto *Figlie del Sole*. Si veda, in particolare, *Il toro*, impostato tutto quanto sull'assimilazione al dio nel culto (simboleggiata miticamente dalla congiunzione carnale col dio in forma taurina) e sull'appropriazione degli attributi divini mediante l'immolazione rituale del dio nella sua epifania teriomorfica[17]; oppure *Le streghe*, dove il mito di Circe («antica dea mediterranea scaduta di rango», come la definisce Pavese nel prologo) quale «incantatrice afroditica» è certamente da mettere in rapporto con gli studi del Kerényi sulle figlie «maghe» mediterranee del Sole[18]. Il caso piú tipico, in questo senso, è rappresentato certamente dal dialogo *Gli Argonauti*, che ha per oggetto un'altra «maga», Medea, l'«assassina di figli». Il dialogo prende lo spunto dal culto delle etère sacre che si svolgeva sull'Acrocorinto, e Pavese nella nota introduttiva afferma, a questo proposito, che «il tempio sull'Acrocorinto, officiato da Ierodule, ci è ricordato anche da Pindaro». Ora, Pindaro non parla affatto del tempio in questione né di un culto sull'Acrocorinto in rapporto con Medea. L'equivoco però si spiega se si tiene presente lo studio di Kerényi sulla «piú tenebrosa delle Heliadi», Medea appunto, decaduta al rango tutto umano di «assassina» per non aver trovato nessun grande poeta, che (analogamente a quanto fece Omero per le «sorelle» di lei, Elena, Calipso, Circe) la conservasse nella sua condizione divina originaria di «figlia del sole». Il Kerényi cerca appunto di individuare, sotto le varie incrostazioni accumulatesi sulla sua figura, la fisionomia primitiva; in particolare, egli scopre un rapporto strettissimo che giunge, anzi, a una vera e propria identificazione, tra Medea ed Hera, venerata nel tempio sull'Acrocorinto. In appoggio della sua tesi piuttosto audace egli cita, fra gli altri, anche Pindaro, per il quale Medea è ancora una dea e regina, e nel quale è ancora echeggiata una tradizione antichissima di un'origine di Medea da Corinto anziché dalla Colchide. Pavese, evidentemente, ha semplificato, incorrendo nella svista sopra accennata.

In questa scia degli studi kerényiani sulle «figlie del Sole» mediterranee sono da collocare anche i dialoghi *La vigna*, sul mito di Arianna; *Schiuma d'onda*, colloquio tra la poetessa Saffo e la ninfa Britomarti, tutto suggestionato dal mito della grande dea mediterranea Afrodite Anadiomene[19]; *In famiglia*, sul mito di Elena, vista anch'essa attraverso lo schema della divinità mediterranea (significativo, in proposito, il rapporto che Pavese stabilisce nel prologo con la dea Artemide); mentre *Il mistero*, riguardante il mito di Dioniso, va ricollegato con le sottili indagini del Kerényi sui misteri eleusini[20], anche se non si possono escludere altri influssi, come quello del Frazer, indicato dalla Premuda[21].

Dal Kerényi poi Pavese ha mutuato la caratterizzazione del mondo olimpico degli dèi, come mondo dell'eterno «ora», che ha la sua epifania specifica nel «riso», nel «sorriso» perenne, la caratteristica che distingue, in Pavese, gli dèi dagli uomini[22]. Un concetto che si trova un po' in tutti i dialoghi, salvo quelli «etnologici», e che costituisce il *Leitmotiv* de *Il fiore* e de *Le streghe* («Odisseo non capiva perché sorridevo. Non capiva sovente nemmeno che sorridevo... Voleva chiamarmi, tenermi, farmi mortale. Voleva spezzare qualcosa. Intelligenza e coraggio ci mise – ne aveva – ma non seppe sorridere mai. Non seppe mai cos'è il sorriso degli dèi – di noi che sappiamo il destino... Capiva ogni cosa. Tranne il sorriso di noi dèi», *Le streghe*).

Non il sorriso, dunque, ma piuttosto l'angoscia derivante dall'ignoranza del proprio destino e dalla consapevolezza della morte caratterizza il terzo gruppo di dialoghi, che potremmo chiamare i «dialoghi degli uomini», in cui si assommano il disperato *taedium vitae* di Pavese e la mestizia che lo governa, ma anche un messaggio di composta rassegnazione se non proprio di speranza. Possiamo includervi: *La strada*, il mistero del destino contemplato con tanto orrore che induce Edipo ad accecarsi, ma che ispira al suo compagno parole di virile accettazione e quasi di entusiasmo («Ma hai pure vissuto la vita di tutti; sei stato giovane, hai veduto il mondo, hai riso e giocato e parlato..., hai goduto delle cose, il risveglio, il riposo, e battuto le strade... La vita è grande, Edipo»); *Le streghe* e *L'isola*, imperniati sul mito di Odisseo, l'uomo che ha la sua isola nel cuore e per questo non accetta di diventare immortale, che conosce la gioia di dare un nome alle cose – agli dèi come al suo cane – la gioia della scoperta sempre nuova, non diverso dagli immortali se non in questo, che gli accadono le stesse cose «inesorabili, ma fatte d'imprevisto..., come quel gioco degli scacchi... tutto regole e norme ma cosí bello e imprevisto»»[23]; *L'inconsolabile*, Orfeo, l'uomo che è sceso all'Ade e che in questo ritorno al passato, alla morte, al nulla ha toccato il suo limite, il suo destino, e in questo suo perdersi ha trovato la virtú divina del canto, che è memoria e consapevolezza («Tutto è lecito a chi non sa ancora. È necessario che ciascuno scenda una volta nel suo inferno. L'orgia del mio destino è finita nell'Ade, finita cantando secondo i miei modi la vita e la morte... Ero quasi perduto e cantavo. Comprendendo ho trovato me stesso»). E in verità, non sapremmo trovare in altre pagine di Pavese, neppure in quelle piú vive e sofferte del *Diario*, tanta accorata «autobiografia» quanto in questa dolente raffigurazione di Orfeo e del suo destino di escluso da ogni partecipazione attuale alle forme e ai modi della gioia umana, condannato a una continua ricerca di sé attraverso le epifanie labili e ingannevoli dell'amore e dell'amicizia, a scendere nel proprio inferno per trovarvi le ragioni del proprio canto, del dono di poesia fatto quotidianamente agli uomini. La discesa all'Ade, il ritorno al «regno delle madri» non era dunque, almeno nelle intenzioni, una «fuga» di fronte al presente o alle responsabilità ma una ricerca di consapevolezza e di comprensione di sé e degli altri, per sostanziarne la vena tenue della poesia. Questa, la poetica dei *Dialoghi*, tradotta essa stessa in purissimo canto e melodia. Certo, in questa discesa all'Ade (mito dell'infanzia, del ritorno alle origini, al primitivo, ecc.) Pavese-Orfeo mise spesso troppo compiacimento fino a scordare la via del ritorno, e troppo spesso la sua ricerca di consapevolezza si smarrisce nelle nebbie dell'inconscio e dell'irrazionale. Nei *Dialoghi* però egli ha saputo percorrere tutta intiera la strada, tuffarsi nel gorgo torbido dell'irrazionale e del mostruoso e risalire alla misura umana, al cosmo sereno, anche se memore e dolorante, dell'azione e del canto.

Sebbene ancora intriso qua e là di compiacenze decadenti (si pensi, per esempio, a *I due*, tra Achille e Patroclo, sul tema del contrasto tra vita operosa, senza pensieri, e abbandono fatalistico al destino, dove le parole sembrano colorarsi dell'ombra malinconica del crepuscolo), questo è tuttavia il messaggio autentico dei «dialoghi degli uomini», in particolare, di quelli che chiudono la serie in un crescendo significativo: *Gli uomini, Il mistero, Il diluvio* e infine *Le Muse* e *Gli dèi*. I primi tre ripropongono, in modo inedito, il tema erodoteo dell'invidia degli dèi, capovolto nella rappresentazione delle dinività che assistono impotenti a una sorta di felicità a loro per sempre preclusa, se non a patto di farsi uomini anch'essi («...il mondo se

pure non è piú divino, proprio per questo è sempre nuovo e
sempre ricco, per chi discende dal monte. La parola dell'uomo
che sa di patire e si affanna e possiede la terra, rivela a chi l'a-
scolta meraviglie... Sono poveri vermi ma tutto fra loro è imprevisto e scoperta... Soltanto vivendo con loro e per loro si gusta il sapore del mondo...», *Gli uomini*.

«Tutto quello che toccano diventa tempo. Diventa azione.
Attesa e speranza. Anche il loro morire è qualcosa... Hanno
un modo di nominare se stessi e le cose e noialtri che arricchisce la vita... Dappertutto dove spendono fatiche e parole nasce
un ritmo, un senso, un riposo...», *Il mistero*). Gli uomini, dunque, sono i veri protagonisti dei *Dialoghi con Leucò*; sono loro
che racchiudono in sé, nella loro natura onnicomprensiva, il
mondo caotico-titanico mostruoso delle origini e il cosmo sereno dell'ordine, dell'armonia e della pace: tra i due poli opposti
è teso l'arco della vita umana che non fluisce, come un fiume
disordinato, al nulla eterno della morte, ma approda alle soglie
di una nuova immortalità, sia pure concepita in termini tutti
terreni e immanenti. E l'insistenza sulla funzione demiurgica
della parola, nel senso pregnante originario di logos, pensiero-
parola articolata, ci porta a comprendere che essa è, anche per
Pavese (ed è qui l'approdo piú alto del suo classicismo), l'arte-
fice di questa nuova immortalità: essa, che dà un nome alle cose, mette ordine nel caos con i suoi miti perenni, vivifica nei
misteri con il suo favoleggiare che ricrea l'evento originario,
evoca dal grembo incondito dell'indistinto e dell'irrazionale
l'armonia immortale della poesia. Anche qui, dunque, le Muse
«siedon custodi» del tempo e dell'eternità: questo, il messaggio
altissimo, e misconosciuto, de *Le Muse* e de *Gli dèi*, che chiudono in posizione forte ed epifonematica i *Dialoghi con Leucò*.
«Tu guardavi l'ulivo, l'ulivo sul viottolo che hai percorso ogni
giorno per anni, e viene il giorno che il fastidio ti lascia, e tu carezzi il vecchio tronco con lo sguardo, quasi fosse un amico ritrovato e ti dicesse proprio la parola che il tuo cuore attendeva... Quell'attimo è un ricordo. E cos'altro è il ricordo se
non passione ripetuta? Capiscimi bene. – Che vuoi dire? – Voglio dire che tu sai cos'è vita immortale» (*Le Muse*). «Mai sentito cos'è la palude Boibeide? – No. – Una landa nebbiosa di
fango e canne, com'era al principio dei tempi, un silenzio gorgogliante. Generò mostri e dèi di escremento e di sangue... –
Ma intanto ne parli, Melete, e le hai fatto una sorte divina. La
tua voce l'ha raggiunta. Ora è un luogo terribile e sacro...»
(*ibid.*).

La maturità del contatto di Pavese con il classicismo è, in
quest'ultimo gruppo di dialoghi, piena e cosciente, il che si traduce anche in una maggiore indipendenza dalle «fonti» dotte,
che qui sono in penombra e lasciano trasparire un contatto piú
diretto con i grandi classici, soprattutto Omero.

A questo punto, e con questi elementi in mano, è forse possibile trarre sul classicismo di Pavese una conclusione meno approssimativa di quella che lo deduce totalmente dalla grande matrice dell'etnologia. Già si è visto come nella strutturazione stessa dei *Dialoghi* sia possibile sorprendere un piano compositivo, dotato di una sua coerenza sistematica, che ne fa, sotto questo aspetto, l'opera certamente piú organica, meditata e riflessa di tutta la produzione pavesiana.

Di quelli che, con una definizione approssimativa, abbiamo individuato come i «dialoghi della terra», «degli dèi» e «degli uomini», soltanto il primo gruppo sembra evadere dallo schema abbastanza rigido che governa l'opera. Si tratta però di un'impressione esatta solo in parte: questi dialoghi sembrano e sono aberranti, nella misura in cui subiscono, piú che non gli altri, l'influsso della concezione «etnologica» del mito come forma mentale prelogica, irrazionale e superata dall'evoluzione successiva del pensiero. Un tale atteggiamento illuministico nei riguardi del mito fu senza dubbio, per un certo tempo almeno, nelle intenzioni e nelle aspirazioni di Pavese, e questi dialoghi del primo gruppo, in misura maggiore che non gli altri, ne risentono. In realtà però, la fedeltà al canone etnologico è soltanto estrinseca e illusoria: sotto il Pavese «chiarificatore dei miti», spregiudicato e razionalista, spunta a ogni passo, anche e, si direbbe, soprattutto in questi dialoghi, il Pavese poeta dello stupore (si pensi, in particolare, all'atmosfera rarefatta, di attesa trepida e di dolente abbandono, che circonda i gesti e le cose ne *La belva*), già convinto che «il piú sicuro – e piú rapido – modo di stupirci è di fissare imperterriti sempre lo stesso oggetto».

Sono proprio questi dialoghi, nel loro venir meno a un impegno piú esplicito e conclamato, a convincerci che anche l'altro tentativo di spiegare il pavesiano ricorso al mito (e al classicismo) con un bisogno di esorcizzazione è una soluzione soltanto parziale, anche se la sottile mistificazione, operata costantemente da Pavese nel *Diario* e nei *Saggi*, può farla apparire seducente. Le citazioni in proposito si possono fare ad apertura di libro, tanto sono numerose, né si può legittimamente dubitare della serietà di intenzioni, su cui si è già richiamata l'attenzione e che va spiegata verosimilmente con l'impegno dello scrittore sul piano politico[24]. Certo però egli non si illuse mai fino in fondo né sempre: e quindi a torto questo atteggiamento razionalistico ed esorcizzatore di fronte al mito è stato indicato da alcuni come canone fondamentale d'interpretazione per trarne conclusioni e apprezzamenti circa la maggiore o minore coerenza di applicazione nell'opera pavesiana[25]. La ribellione di Pavese all'interpretazione evoluzionistica del mito, che si complica qua e là di conseguenze anche sul piano politico, la sua adesione alle concezioni della scuola mitologica di stampo kerényiano e il suo approdo finale alla tra-

dizione classica non sono il risultato di uno smarrimento involontario e inconsapevole, ma il risultato di un processo che rimane esemplare per chiarezza e precocità d'impostazione, li-
nearità di svolgimento e coerenza di conclusione.

---

[1] M. L. PREMUDA, *I Dialoghi con Leucò e il realismo simbolico di Pavese*, in «Annali della Scuola Normale Superiore di Pisa», vol. XXVI,
1957, pp. 221-49.

[2] Parlare di «fonti» per i *Dialoghi* non significa misconoscere o limi-
tare l'intervento della libera e sovrana fantasia creatrice, l'opera
della quale, del resto, lo stesso P. ha definito nei suoi termini es-
senziali: «I *Dialoghetti* conservano gli elementi, i gesti, gli attributi, i nodi del mito, ma ne aboliscono la realtà culturale radicata in
una storia d'innesti, calchi, derivazioni, ecc. (che ce li rende com-
prensibili). Ne aboliscono pure l'ambiente sociale (che li rendeva
accettabili agli antichi). Quello che resta è il problema che la tua
fantasia risolve» (*Diario*, 28-7-'47).

[3] Questo mondo dell'assenza di individuazione, in cui l'uomo può
confondersi con l'ambiente che lo circonda, va nettamente distinto
da quel «mondo del caos», degli dèi e dei mostri che domina negli
altri dialoghi.

[4] Anche questo concetto degli dèi-padroni va radicalmente distinto
da quello degli dèi-vincitori del secondo gruppo: in quest'ultimo caso, si tratta di una violenza che opera non nella sfera dell'economi-
co (come è nel caso de *I fuochi*), bensí nell'ambito conoscitivo-ra-
zionale, come prevalere della coppia complementare ragione-norma
sull'altra ferinità (irrazionalità)-caos.

[5] L'ipotesi che i dialoghi piú legati all'etnologia siano i piú antichi è
avanzata anche dalla PREMUDA, *I Dialoghi con Leucò* cit., p. 241
nota 6; soltanto che l'autrice, in coerenza con il suo presupposto di
una derivazione totale dei dialoghi dall'etnologia, è costretta a fon-
dare la priorità di alcuni di essi (*L'ospite*, *I fuochi*) sulla motivazio-
ne che essi sono «i piú schematici e i piú legati estrinsecamente a temi etnologici».

[6] Per l'Italia, occorre ricordare in particolare *Le origini della tragedia*
di M. UNTERSTEINER, Milano 1942, che si muovono nella direzione
tracciata dall'Otto e dal Kerényi. L'autore e l'opera furono particolarmente cari a P.

[7] La traduzione italiana fu pubblicata a Firenze nel 1941.

[8] P. PHILIPPSON, *Origini e forme del mito greco*, Einaudi, Torino 1949,
p. 15.

[9] *Ibid.*, p. 27.

[10] C. PAVESE, *Dialoghi con Leucò*, Einaudi, Torino 1947, p. 7.

[11] «A me quel libro (la *Thessalische Mythologie*) ha fatto un grande effetto e un dialogo del mio *Leucò*, *Le cavalle*, ne è tutto intriso»,
lettera (inedita) a M. Untersteiner del 7 maggio 1948 (per gentile
concessione dell'editore).

[12] PHILIPPSON, *Origini e forme del mito greco* cit., pp. 243 sg. e 250 sgg.

[13] *Ibid.*, pp. 73 sgg.

[14] *Ibid.*, pp. 232 sgg., dove è da individuare sostanzialmente anche lo
spunto per *Le cavalle*. Con quest'ultimo poi è collegato *Il fiore*, come si ricava dall'annotazione del *Diario*, 28-7-'47.

[15] P. PHILIPPSON, *Studi per un'interpretazione della Teogonia di Esiodo*, in ID., *Origini e forme del mito greco* cit., pp. 39 sgg.

[16] *Ibid.*, pp. 34-35.

[17] K. KERÉNYI, *La cretese figlia del Sole*, in ID., *Figlie del Sole*, Einaudi, Torino 1949, pp. 132 sgg.

[18] ID., *La Maga*, in ID., *Figlie del Sole* cit., pp. 61 sgg.

[19] ID., *L'aurea*, in ID., *Figlie del Sole* cit., pp. 115 sgg., e in particolare, per quanto riguarda Saffo, p. 127. Va osservato inoltre che lo spunto immediato per questo dialogo può esser venuto da Callimaco, che P. cita nel prologo.

[20] ID., *Kore*, in C. G. JUNG e K. KERÉNYI, *Prolegomeni allo studio scientifico della mitologia*, Einaudi, Torino 1948, pp. 153 sgg.

[21] PREMUDA, *I Dialoghi con Leucò* cit., p. 242 nota 2. Bisogna osservare però che l'interpretazione etnologica dell'Eucaristia, accennata da P. nel prologo al dialogo, rimane confinata nel regno delle intenzioni: il dialogo sembra piuttosto sviluppare il concetto della continuità nelle manifestazioni cultuali, che rende queste ultime sostanzialmente equivalenti; un concetto, tanto per intenderci, analogo a quello dello Hölderlin di *Brot und Wein*.

[22] Cfr. KERÉNYI, *Figlie del Sole* cit., p. 101.

[23] È sempre ancora il tema de *La strada*, visto qui positivamente: la grandezza e la bellezza della vita consistono appunto nel non conoscere il proprio destino.

[24] Si veda, fra i molti esempi possibili, quello dell'articolo intitolato *L'umanesimo non è una poltrona* (riport. in *Letteratura americana*, ecc.; pp. 281 sgg.), dove le implicazioni politiche sono piú evidenti.

[25] Per esempio, F. MOLLIA, *Cesare Pavese*, La Nuova Italia, Firenze 1963, p. 192, scrive: «Possiamo dire che i *Dialoghi con Leucò* rappresentano un valido contributo a quel processo di liberazione e chiarificazione interiore con cui P. tentò di esorcizzarsi dal mondo mitico – come forma titanica e bestiale – per giungere all'olimpicità, che però, in lui, – al contrario di d'Annunzio – si tradurrà in acquisto di umanità». Anche J. HÖSLE, *Cesare Pavese*, De Gruyter, Berlin 1961, sottolinea a piú riprese, in particolare nel cap. *Theseus ohne Ariadne*, pp. 89 sgg. (dedicato appunto all'analisi dei *Dialoghi con Leucò*), la serietà intenzionale di questo atteggiamento razionalista di P. dinanzi al mito, fino a considerare come involontario o inconsapevole il pratico venir meno a questo programma. P. insomma è un «Teseo senza Arianna», vale a dire che egli si è addentrato nel labirinto del mito ma ne è rimasto prigioniero perché il suo razionalismo è stato travolto da altre forze operanti in lui, in particolare dalla natura religiosa. «P. war ein religiöser Mensch ohne Religion» (p. 81); anche il suo ricorso al mito viene dal Hösle interpretato in chiave religiosa come «una fuga dalla storia e dal presente storico»: in altre parole, P. è contrassegnato da quella che, secondo M. Eliade, è la caratteristica dell'uomo religioso, cioè l'ossessione del mito dell'eterno ritorno, che in lui si configura come «angoscia dinanzi al rischio» (espressa nel mito del ritorno all'infanzia), come «rifiuto di responsabilità per un'esistenza storica autentica». Definito P. come «uomo religioso» in questi termini, è difficile comprendere come Hösle tenti ripetutamente di scagionarlo dall'accusa di decadentismo.

EUGENIO CORSINI

«Sigma», 1 (dicembre 1964), nn. 3-4, pp. 124-35

Leucothée c'est lui, non pas au sens de Flaubert, car il est
tout autant Thémisto, dont il ne parle jamais, comme il est
Sapho à laquelle il consacre un dialogue. Leucothée c'est le
symbole pur (non lié à un personnage de sang) du problème
qu'il s'acharne à résoudre: le sauvage. Car, cette néréide, de
monstrueuse est devenue bénéfique: en passant d'Ino à Leucothée elle a dépouillé son personnage de chair et de passions
pour devenir secourable. Dans les *Dialogues* n'annonce-t-elle
pas à Ariane abandonnée par Thésée la venue de Dionysos le-
consolateur? On peut dire qu'à partir d'elle se ramifient tous
les dialogues, elle est la génératrice de la structure et du sens à
la fois, mais elle ne se départit pas de son rôle de promotrice
cryptique. Elle est le fantasme et le symbole, le symbole (gagné
sur le fantasme) de l'écriture de l'œuvre.

Car tout pullule à partir d'elle et il est symptomatique que
Pavese ait trouvé le nom de la déesse avant même de lui avoir
dévolu toute sa place dans les *Dialogues*: dans une lettre à Bianca Garufi de mars 46 il avoue «j'ai trouvé le titre collectif de
mes petits dialogues: *Dialogues avec Leuco*». Il est impossible
de dresser l'organigramme imaginaire de Pavese mais il est évi-
dent que les dialogue, comme des cartes à jouer, organisent
leur «réussite» par rapport à Leuco. *La Vigne* oú est annoncée
la venue de Dionysos engendre *Le mystère* oú Déméter et
Dionysos font don aux hommes du pain et du vin. Mais *La vigne* suscite également *Les argonautes* qui appellent *Le taureau*:
dialogues del Thésée et de Jason; *Les Argonautes* renvoient aussi à Héraklès qui apparaît dans toute une série de dialogues:
L'Hôte, *Le rocher*. Mais Leucothée est aussi liée au personnage
d'Ulysse; dans *Les sorcières* elle dialogue avec Circé, dans *L'île*
c'est Ulysse qui parle avec Calypso. Ainsi Leuco-Pavese, nouvelle Arachné, tire de soi le fil qui tisse le réseau de l'œuvre.
On ne voudrait pas donner l'impression d'une dérivation stric-
te de type scolaire: ce n'est pas tel dialogue qui en bonne et due
source est à l'origine de tel autre, c'est l'appel, la béance – Leuco qui est le symbole générateur de l'œuvre. On pourrait con-
tinuer à abattre les cartes de Leuco sans prétendre tout ratta-
cher arbitrairement à la néréide mais peu de dialogues y échap-
pent: ancêtre lointain d'Œdipe, elle est liée par un fil ténu à *La
route* et aux *Aveugles*. Mais le monde de sang qu'elle encapsu-
le dans son symbole trouve son explicitation dans *En famille*
qui traite d'Hélène, des Atrides et de la déesse cruelle Artémis.
Autour de cette nouvelle plaque tournante gravitent d'autres
dialogues: ceux d'Artémis et ceux d'Hermès; pour la première
Le lac et *La bête sauvage*, pour le second *La mère*, *Les cavales*, ce
dernier texte ouvrant le cheminement Apollon etc. Il n'est pas
jusqu'à des dialogues apparemment excentriques qui n'entrent
dans le système de gravitation: les doubles de Leuco-Pavese:
Sapho, Orphée, Hésiode, etc. Ainsi les tentacules se polarisent

et créent ce texte unique toujours repris, mais en giration sur soi-même. Car le texte est pour Pavese l'image infidèle du miroir: narcisse, il se regarde dans l'eau déformante de ses proses; son vrai visage est insaisissable car il est la résultante de la décomposition des facettes multiples d'une même image absente: Leuco.

PHILIPPE RENARD

«Italianistica», 1 (1972), pp. 52-53

I *Dialoghi con Leucò* rappresentano il tentativo di una critica radicale del concetto di tempo. A Eracle, che sembra il portatore della ideologia progressiva («Uccidere un'ultima volta», «trovare il modo di por fine alle uccisioni», *L'ospite*), si contrappone il cinismo funereo di Litierse: «Tu non sei contadino, lo vedo. Non sai nemmeno che la terra ricomincia a ogni solstizio e che il giro dell'anno esaurisce ogni cosa». Il cerchio è la seconda figura del tempo, nei *Dialoghi*. E ancora una volta il momento importante è dato dalla morte. Se però nella figura della strada essa rappresentava lo sbocco negativo, il peggio che «viene dopo ogni cosa», il punto morto dell'arresto (tanto che abbiamo parlato di strada sbarrata, mortale *Einbahnstrasse*), nel cerchio di Litierse la morte non solamente costituisce l'inattaccabile saldatura della figura (la garanzia della sua unità), ma, soprattutto, è il formidabile punto che continuamente e magicamente la rinnova, non la esaurisce mai. A patto di riconoscere alla morte un'importanza decisiva (nel senso che è la morte a decidere), il cerchio di Litierse può davvero, contro ogni apparenza contraria, scardinare la catena del tempo, aprirla a uno straordinario *movimento senza senso* (privo di sensi obbligati), recuperando, contro la linea di pura perdita della vecchia concezione del tempo, l'infinita, circolare e inesauribile ricchezza del mondo.

Tanto è possibile, però, solo se si restituisce alla morte l'esclusiva preminenza nel circolo della vita, la sua capacità di decidere. Non deve sfuggire infatti come il cerchio di Litierse (e questo è fondamentale) comprenda inesorabilmente dentro di sé anche il mondo degli dèi, l'inattingibile regione del destino, l'*u-topia* della legge. Non solamente la scacchiera di Odisseo è gettata verso la morte, ma anche le regole (la legge, il destino) sono dentro la morte, sono la morte. Perché si dia una retta, infatti, c'è bisogno di un punto, di un fondamento, di un principio: la strada chiusa di Achille, l'*Einbahnstrasse* di Odisseo, partivano perciò dalla legge, costrette a ipotizzare una volontà superiore, un'essenza stratosferica, un fondamento. Il magico cerchio di Litierse poggia invece, letteralmente, sul nulla, sullo sfondamento decisivo della morte. Liberare questo tempo si

può ora, perché non ci sono piú regole stabilite, a determinare
le mosse (sarebbero fondate sul vuoto), ma, a rigore, solamente un interminabile e provvisorio stabilire si dà, il circolo infinito di un fare e disfare senza posa, il gioco stesso, ininterrot-
to e senza senso, libero, sempre nuovo ed eternamente uguale.
Numerosi segnali, e ripetuti, verranno a Odisseo dal mondo di
mezzo (il mondo intermedio dei *Dialoghi*, quello che abita lo
spazio tra uomini e dèi), e tutti nella direzione di una misteriosa, incomprensibile esaltazione della morte (quasi fosse il te-
soro piú grande, «la cosa vera che conta»), e con essa della incredibile e meravigliosa parola dell'uomo. All'immortale silenzio degli dèi l'uomo è indotto a contrapporre la sua parola
mortale soltanto.

GIUSEPPE LASALA

«Belfagor», XL (1985), n. 3, pp. 333-34

   Pavese assimilò dalle sue letture antropologiche, asistemati-
che e in parte dilettantesche, l'idea frazeriana del mito come
proiezione delle passioni, vi apportò il proprio entusiasmo di
«poeta dello stupore» e vi infuse la propria sofferenza privata:
ecco l'essenza dei *Dialoghi con Leucò*.
   I miti greco-latini dei *Dialoghi con Leucò* sono invero solo
dei «bei nomi carichi di destino», avverte Pavese stesso. «Conservano gli elementi, i gesti, gli attributi, i nodi del mito, ma ne
aboliscono la realtà culturale» (*Il mestiere di vivere*, 28 luglio
1947). In altre parole, non meno chiare, li riducono a un *alfa-
beto*. Sarà pertanto utile ridimensionare anche quell'eccessivo
peso di erudizione che piú di un lettore dei *Dialoghi* deplora. A
guardare bene, quell'erudizione classica è molto meno formidabile di quel che di solito si crede: si tratta infatti di una cultura scolastica «abbastanza limitata» (E. Corsini). Converrà
semmai, sempre in tema di *Quellenforschungen*, richiamarsi
piuttosto al D'Annunzio «parnassiano»indicato intanto anche
da Pavese come uno dei poli della tradizione in cuii i *Dialoghi
con Leucò* intendevano inserirsi, e precisamente la «tradizione
italiana, umanistica e perdigiorno, che va dal Boccaccio a
D'Annunzio... Come massimo imbarbaritore delle nostre lettere (narrazione all'americana, scrittura dialettale, rinuncia a
ogni ermetismo, ecc.) era un lusso che da un pezzo meditavo di
prendermi» (lettera a Paolo Milano, 24 gennaio 1948). Par-
nassiano-dannunziano è per eccellenza il contegno, per cosí dire, di Pavese di fronte al proprio materiale favoloso. Dal neo-
classicismo «decadente» dei Leconte de l'Isle e degli Herédia
(la vera *humus* del D'Annunzio «classicista») egli mutua la trovata di cogliere un aspetto «inedito» dei miti, di rivelarne il re-
troscena ignoto alla tradizione, quasi frugando dietro le quinte

di Omero. Anzitutto nelle note introduttive ai singoli dialoghi
si coglie anche in superficie questo spirito neoclassicheggiante:
«superfluo rifare Omero...; il mito non dice...», ecc.

Proprio questa attualizzazione della mitologia classica im-
mette, com'è quasi sempre il caso dell'arte neoclassica, una incertezza di tono nell'opera. Nei *Dialoghi con Leucò* si ha, da un
lato, un'attitudine come dissacratoria verso le proprie fonti,
con esiti a volte proprio infelici; penso al piglio pseudocasuale,
finto sbadato, al limite quasi saccentemente sbarazzino, di alcune delle «avvertenze» prefisse ai dialoghi, chiavi voluta-
mente false; a quel tono «allusivo, quasi ammiccante», all'atteggiamento distaccato e «alquanto ironico», che Pavese spesso ostenta nei confronti della mitologia, a ragione deplorato
dalla migliore esegesi. I passi cui alludo restano poi frequente-
mente distinti da un enfatico inalberarsi sintattico (insito nella costruzione prolettica del discorso), il quale pare voler suggerire un'elegante preterizione: «Che i misteri eleusiani presentassero agli iniziati un modello dell'immortalità... piace a
tutti sentirlo»; «Che Artemide godesse di uno speciale culto...
chi scrive ne è convinto e non da ieri»; «Che Saffo fosse lesbica di Lesbo è un fatto spiacevole», ecc.

Dall'altra parte si hanno, entro il corpo degli stessi dialoghi, alcune battute in cui la riduzione del mito produce un effetto squisitamente *kitsch*. Curiosamente ricordano, queste, il
piglio attualizzante dei conversari SPQR di versioni cinemati-
che (anni quaranta) di storia greco-romana. Ecco Edipo che
parla a un mendicante: «Dovevo andare a capitare proprio a
Tebe. Dovevo uccidere quel vecchio. Generare quei figli. Val
la pena di fare una cosa...». Ecco Castore che commenta gli
amori di Elena: «Sempre lei doveva imbattersi in simili tipi?».
Un satiro a un'amadriade: «Senti il torrente, piccolina. Domani saremo sott'acqua anche noi. Ne vedrai delle brutte, tu che
ami guardare. Meno male che non possiamo morire». E Patroclo ad Achille: «Bevi ancora ocn me. Poi domani, magari nel-
l'Ade, diremo anche questa». Eccetera. Non meraviglia dunque la perplessità della critica che per quest'opera di Pavese
non poteva evitare il sospetto di una dotta mistificazione o addirittura il dubbio di una qualche intenzione parodistica. Giuseppe De Robertis infatti, chiaramente interdetto nel recensi-
re i *Dialoghi con Leucò*, propone che «chi fosse tentato d'insi-
nuare un sorriso (l'arma dei saputi) troverà la risposta».

Sotto l'ambigua stilizzazione pseudoclassica si percepisco-
no poi, costantemente, come s'è detto, le «ossessioni» pavesiane del diario e del carteggio: talvolta in superficie, appena
mascherate; talaltra come in trasparenza, chiaramente avverti-
bili ma rese inafferrabili per codificazione privata. Il tema del-
l'autodistruzione anzitutto. «Nessuno si uccide. La morte è destino. Non si può che augurarsela, Ippoloco», scandisce Sarpe-

donte il ritornello per eccellenza pavesiano nel dialogo *La Chimera*. «Quando il tema della morte si annuncia nei dialoghi sempre il ritmo si approfondisce e sembra che una nota melodica accompagni la parola», osserva ottimamente Alessandro Pellegrini nel saggio piú volte citato. Al tema dell'autodistruzione si affianca quello del fallimento esistenziale, compendiato nel concetto cosí essenzialmente pavesiano dell'immaturità, della mancata «autonomia». «Viene il giorno che d'un tratto si capisce, *si è dentro la morte*, e da allora *si è uomini fatti*». In questo senso va intesa l'affermazione di Pavese stesso sul senso di «questo groviglio», i *Dialoghi con Leucò*: «la ricerca dell'*autonomia umana*» (lettera a Mario Untersteiner, 12 gennaio 1948). Intanto i *Dialoghi* appartengono, in buona parte, al periodo piú coerentemente «impegnato» di Pavese; di ciò resta segno qualche tentativo piuttosto crudo di allegoria politica («gli dèi sono i padroni...»), ma anche, forse, il tono accorato di qualche passo significante in cui si percepisce un disagio intimo. «Vorrei essere l'uomo piú sozzo e piú vile purché quello che ho fatto l'avessi voluto. Non subíto cosí. Non compiuto volendo far altro», Edipo confida nel dialogo *La strada* dell'aprile del 1946. Non sarà errato percepire qui il primo rintocco di un *Leitmotiv* degli scritti intimi pavesiani, la cui estrema comparsa si ritroverà nelle ultime pagine del diario (27 maggio 1950):

«La beatitudine del '48-49 è tutta scontata. Dietro quella soddisfazione olimpica c'era questo: l'impotenza e il rifiuto di impegnarmi. Adesso, a modo mio, sono entrato nel gorgo: contemplo la mia impotenza, ma la sento nelle ossa, e *mi sono impegnato nella responsabilità politica, che mi schiaccia*. La risposta è una sola: suicidio».

T. WLASSICS
Pavese falso e vero, Centro Studi Piemontesi,
Torino 1985, pp. 130-32

L'assimilazione piú profonda della lezione di Leopardi sarà da individuare, non a livello di linguaggio comico ma in altri strati del testo, e in alcune costanti della scrittura di Pavese che confluiscono in *Leucò* dalla sua precedente produzione e verranno trasmesse a quella successiva, che del resto – se si eccettua l'esperimento de *Il compagno* – non raccoglierà il messaggio aperto nella direzione della storia che esce da questi *Dialoghi*, frutto piú della volontà che di una convinzione profonda.

Già in precedenza abbiamo ricordato la rigorosa selezione linguistica che governa la scrittura dei *Dialoghi con Leucò*, che tutti ruotano intorno a una ristretta scelta di materiale lessicale e verbale la cui funzione è insieme ritmica e tematica. Cosí, ad esempio, ne *La madre*, in cui la terminologia dominante è rappresentata dall'area semantica del fuoco – *tizzone, fiamma, arsione, fumo, brace, focolare* – che apre e chiude circolarmente il dialogo, o in quello successivo, *I due*, in cui le battute degli interlocutori si bilanciano sulle parole tematiche *ragazzo, adulto, morte, ricordo*.

Su di un affine procedimento si fonda l'organizzazione delle *Operette* leopardiane, dove anche in quelle strutturate in forma narrativa le sequenze del discorso si snodano attorno a una serie ristretta di parole chiave e loro sinonimi[1]. Ma questo principio di «scarna essenzialità lessicale»[2] agisce soprattutto nel dialogo, che in Leopardi come in Pavese si articola sulla ripresa terminologica, la negazione, e lo scontro fra realtà di segno opposto.

Si confrontino le sequenze che proponiamo di seguito, tratte rispettivamente dal *Dialogo di Malambruno e di Farfarello* e dal pavesiano *Schiuma d'onda*:

> MALAMBRUNO Ma *non potendo farmi felice* in nessuna maniera, ti basta l'animo almeno di liberarmi dall'*infelicità*?
> FARFARELLO Se tu *puoi fare di non amarti supremamente*.
> MALAMBRUNO Cotesto lo *potrò* dopo *morto*.
> FARFARELLO Ma in *vita non lo può* nessun animale (I).
>
> BRITOMARTI E tu *invidi* costei?
> SAFFO *Non invidio* nessuno. Io ho voluto morire. Essere un'altra non mi basta. Se non posso *esser Saffo*, preferisco *esser nulla*.
> BRITOMARTI Dunque *accetti* il destino?
> SAFFO *Non l'accetto*. Lo sono. Nessuno l'accetta[3].

Senza piú sfasature rispetto al modello, sul versante del tragico Pavese recupera da Leopardi moduli che, del resto, a livello di articolazione del discorso ricorrono anche nella scrittura diaristica dei due autori, conseguenza di una visione della realtà che entrambi leggono come governata dalla legge del «contrasto»[4].

Sarà questa visione tragica dell'esistenza a essere raccolta dai personaggi degli ultimi romanzi pavesiani, e anche un linguaggio che ha imparato a fondere toni alti e cadenze del parlato[5]. Nel linguaggio tragico di *Leucò*, costruzioni come la seguente:

> [...] Prima ho creduto che la colpa ce l'avessero i padri, quei mercanti ingegnosi che si vestono come le donne e gli piace vedere i ragazzi volteggiare sui tori [...],

non sviluppano il comico retoricamente inteso, ma contribuiscono alla ritmicità e scorrevolezza del dettato, secondo la categoria di origine leopardiana della *naturalezza* che in appunto di diario del 1943 Pavese aveva individuato come soluzione per saldare la distanza secolare fra lingua e dialetto[6].

Mediante i *Dialoghi con Leucò* Pavese ambiva, per sua stessa ammissione[7], a inserirsi nella tradizione italiana, esibendo le coordinate classiche della propria educazione letteraria e offrendo le risultanti di una ricerca linguistica che risale agli esordi della sua attività di scrittore[8].

In questo percorso, un ruolo importante riveste Leopardi, specie se si tiene conto del fatto che è anche sotto segno leopardiano che Pavese rivede e reimposta, su basi piú tradizionali, il problema dello *slang*.

In questo caso, e secondo le direzioni che abbiamo indicato, i *Dialoghi con Leucò* rappresentano anche la sintesi del leopardismo di Pavese, fatto di accettazione e insieme di rifiuto, reticente nel dichiararsi in modo esplicito a livello di poetica, ma sempre, comunque, attivo nelle pieghe della scrittura.

[1] Si veda, al riguardo, L. RICCI-BATTAGLIA, *Sul lessico delle «Operette morali»*, in «Giornale Storico della Letteratura Italiana», LXXXIX (1972), pp. 269-323.

[2] *Ibid.*, p. 292.

[3] Cfr., per un'indagine sul problema del dialogo, S. STATI, *Il dialogo. Considerazioni di linguistica pragmatica*, Liguori, Napoli 1982, e AA.VV., *Il dialogo. Scambi e passaggi della parola*, Sellerio, Palermo 1985.

[4] «Tutto è animato dal contrasto, e langue senza di esso», afferma Leopardi in *Zibaldone* [2156], p. 568, e cfr. ancora *ibid.* [1990-91], p. 536. Pavese, dal canto suo, parla del «gusto dei contrasti» e della sua «idea dell'ambivalenza» nel *Mestiere di vivere*, Einaudi, Torino 1968, rispettivamente alle pp. 39 (26 aprile 1936, I) e 246 (17 novembre 1943).

[5] Cfr. A. M. MUTTERLE, *L'immagine arguta. Lingua, stile, retorica di Pavese*, Einaudi, Torino 1977, pp. 84 e 115 sgg.

[6] Cfr. PAVESE, *Il mestiere di vivere* cit., pp. 236-37 (5 ottobre 1943).

[7] Si legga soprattutto la lettera a Paolo Milano del 24 gennaio 1948 in *Lettere 1945-1950*, Einaudi, Torino 1966, p. 218.

[8] Cfr. E. CORSINI, *Orfeo senza Euridice: i «Dialoghi con Leucò» e il classicismo di Pavese*, in «Sigma», 1 (dicembre 1964), nn. 3-4, pp. 121-46.

MICHELA RUSI

Cesare Pavese oggi, a cura di G. Ioli,
San Salvatore Monferrato 1989, pp. 83-85

Indice

Dialoghi con Leucò

Stampato per conto della Casa editrice Einaudi
presso Mondadori Printing S.p.a., Stabilimento N.S.M., Cles (Trento)

Edizione

C.L. 18559

Anno

10   11   12   13   14

2009   2010   2011   2012

Einaudi Tascabili

246 Strassburg, *Tristano*.

247 Ben Jelloun, *A occhi bassi* (4ª ed.).

248 Morante, *Lo scialle andaluso* (4ª ed.).

249 Pirandello, *Uno, nessuno e cento-mila* (4ª ed.).

250 Soriano, *Un'ombra ben presto sarai* (5ª ed.).

251 McEwan, *Cani neri* (6ª ed.).

252 Cerami, *Un borghese piccolo piccolo* (2ª ed.).

253 Morante, *Il mondo salvato dai ragazzini e altri poemi* (3ª ed.).

254 Fallada, *Ognuno muore solo* (2ª ed.).

255 Beauvoir (de), *L'età forte* (3ª ed.).

256 Alighieri, *Rime* (2ª ed.).

257 Macchia, *Il mito di Parigi. Saggi e motivi francesi* (2ª ed.).

258 De Filippo, *Cantata dei giorni dispari I*.

259 Ben Jelloun, *L'amicizia* (6ª ed.).

260 *Lettere dei condannati a morte della Resistenza europea*.

261 Stajano, *Un eroe borghese* (3ª ed.).

262 Spinella, *Memoria della Resistenza* (2ª ed.).

263 Foscolo, *Ultime lettere di Jacopo Ortis* (3ª ed.).

264 Schliemann, *La scoperta di Troia* (3ª ed.).

265 Dostoevskij, *Umiliati e offesi* (5ª ed.).

266 Ishiguro, *Un pallido orizzonte di colline* (2ª ed.).

267 Morante, *La Storia* (7ª ed.).

268 Romano (Lalla), *Maria* (3ª ed.).

269 Levi Pisetzky, *Il costume e la moda nella società italiana*.

270 Salmon, *Il Sannio e i Sanniti* (3ª ed.).

271 Benjamin, *Angelus Novus. Saggi e frammenti* (5ª ed.).

272 Bolis, *Il mio granello di sabbia* (2ª ed.).

273 Matthiae, *Ebla. Un impero ritrovato* (2ª ed.).

274 Sanvitale, *Il figlio dell'Impero*.

275 Maupassant, *Racconti d'amore* (4ª ed.).

276 Céline, *Casse-pipe* (Serie bilingue) (2ª ed.).

277 *Racconti del sabato sera*.

278 Boiardo, *Orlando innamorato* (2 voll.)

279 Woolf, *A Room of One's Own* (Serie bilingue) (4ª ed.).

280 Hoffmann, *Il vaso d'oro*.

281 Bobbio, *Il futuro della democrazia* (2ª ed.).

282 Mancinelli, *I dodici abati di Challant. Il miracolo di santa Odilia. Gli occhi dell'imperatore* (6ª ed.).

283 Soriano, *La resa del leone* (2ª ed.).

284 De Filippo, *Cantata dei giorni dispari II*.

285 Gobetti, *La Rivoluzione Liberale* (4ª ed.).

286 Wittkower, *Palladio e il palladianesimo*.

287 Sartre, *Il muro* (5ª ed.).

288 D'Annunzio, *Versi d'amore*.

289 D'Annunzio, *Alcione*.

290 Caldwell, *La via del tabacco*.

291 Tadini, *La tempesta*.

292 Morante, *L'isola di Arturo* (6ª ed.).

293 Pirandello, *L'esclusa*.

294 Voltaire, *Dizionario filosofico* (2ª ed.).

295 Fenoglio, *Diciotto racconti*.

296 Hardy, *Tess dei d'Uberville* (2ª ed.).

297 N. Ginzburg, *Famiglia* (2ª ed.).

298 Stendhal, *La Certosa di Parma* (4ª ed.).

299 Yehoshua, *L'amante* (8ª ed.).

300 Beauvoir, *La forza delle cose*.

301 Ceram, *Civiltà sepolte* (6ª ed.).

302 Loy, *Le strade di polvere* (4ª ed.).

303 Piumini, *Lo stralisco*.

304 Rigoni, *Amore di confine* (3ª ed.).

305 Rodinson, *Maometto*.

306 Biamonti, *L'angelo di Avrigue*.

307 Antonioni, *Quel bowling sul Tevere* (2ª ed.).

308 Lodi, *Il paese sbagliato. Diario di un'esperienza didattica*.

309 Machiavelli, *Il Principe* (5ª ed.).

310 Seneca, *Dialoghi morali* (2ª ed.).

311 Dickens, *Casa Desolata* (5ª ed.).

312 Saba, *Ernesto* (3ª ed.).

313 Lawrence, *Donne innamorate*.

314 Pirro, *Celluloide*.

315 Ramondino, *Althénopis*.

316 Rodari, *I cinque libri* (5ª ed.).

317 *I Nibelunghi* (3ª ed.).

318 Bobbio, *Stato, governo, società* (2ª ed.).

319 La Fontaine, *Favole*.

320 Artusi, *La scienza in cucina e l'arte di mangiar bene*.